El asesinato de Isaac Peral

MINICLANDESTINOS
Colección Ucronía Hispania

«Todos los grandes
acontecimientos tienen
lugar en nuestra
mente»

OSCAR WILDE

Franco Torre (Langreo, 1979). Tras fracasar de forma reiterada y humillante en su intento de convertirse en el heredero de Julio Salinas como delantero torpe y eficiente, Franco Torre pasó toda su pubertad viendo Spaghetti Western y leyendo a Kurt Vonnegut, mientras se entrenaba para convertirse en el primer James Bond rubio. Un repentino oscurecimiento de su cabello y la irrupción de Daniel Craig truncaron también ese sueño, lo que le llevó a peregrinar al Tíbet donde, tras un largo de período de meditación, descubrió que en realidad era un agente durmiente de la KGB que se activaba al escuchar *María*, de *West Side Story*; una revelación que explica tanto su afición a los relojes rusos y los arenques como su odio visceral a los musicales. A su regreso a España, ejerció brevemente el oficio de periodista, llegando a cubrir para el periódico en el que trabajaba el extraño caso que narra en *La verdad sobre el robo del retrato de Franco*. Miembro fundador de la *Tertulia del hígado, la tabarra y Sherlock Holmes*, Franco Torre invierte su tiempo libre en investigar la figura del gran detective victoriano (cuyas pesquisas han dado como fruto los libros *La liga de los teclistas barbudos* y *El presunto emperador de Manchuria*, ambos en **Orpheus Ediciones Clandestinas**) y jugar al *HeroQuest* con sus hijos, Sara y Álex.

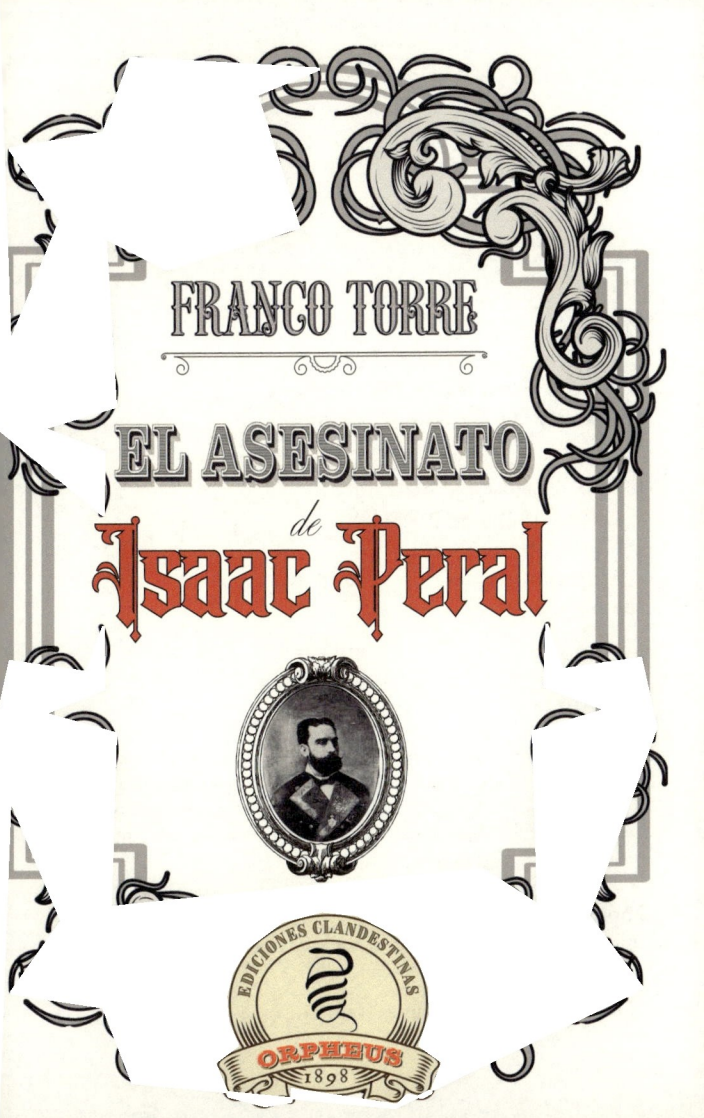

FRANCO TORRE

EL ASESINATO
de
Isaac Peral

EDICIONES CLANDESTINAS
ORPHEUS
1898

© 2024 Franco Torre
© 2024 Orpheus Ediciones Clandestinas
Primera edición, Julio de 2024
© FOTOGRAFÍA DEL AUTOR: Mos Riera

DISEÑO, COMPOSICIÓN Y EDICIÓN:

ORPHEUS EDICIONES CLANDESTINAS
Gijón, Asturias, España
editorial@orpheus.es
orpheus.es

ISBN: 978-84-196915-2-1
DEPÓSITO LEGAL: AS-01594-2024

Impreso por Podiprint
Impreso en España | Printed in Spain

Gijón, Principado de Asturias (España), 2024

ALMIRANTE D. ISAAC PERAL Y CABALLERO
(1851-~~1895~~) *1898*

El general Prim, a la edad de 84 años.
Su aspecto abatido evidencia el sufrimiento tras el fallido atentado
de la calle del Turco, en 1870

LA ÉPOCA

DIARIO POLÍTICO

28 de diciembre de 1870

Tentativa de asesinato del
GENERAL PRIM

E n las primeras horas de la noche de ayer se esparció rápidamente por Madrid una noticia terrible, cierta por desgracia. El presidente del Consejo de Ministros, general Prim, había sido objeto al salir de la sesión de la tarde, y al trasladarse desde el Congreso al ministerio de la Guerra, de una tentativa de asesinato que estuvo a punto de ser consumado. En la desembocadura de la calle del Turco en la de Alcalá, dos carruajes, colocados a derecha e izquierda de la vía a cierta distancia uno de otro, obligaron al del presidente del Consejo a detenerse un momento, aprovechando el cual, según el plan que seguramente tenían muy meditado algunos hombres, cuyo número se ignora, hicieron repetidos disparos sobre el conde de Reus, hiriéndole en las dos manos y un hombro, así como a su ayudante, el Sr. Nandín. Las lesiones del primero no parecen mortales, por fortuna, pero sí muy dolorosas, habiéndose tenido que amputarle el dedo anular de la mano izquierda, y que extraerle algunas balas, una de las cuales se había corrido algo hacia la espalda. Los asesinos, que habían podido preparar con toda libertad su crimen, huyeron sin que pudiesen ser habidos, aunque, según se dice, hay alguna esperanza de descubrirlos.

Dolor y vergüenza como españoles y como liberales nos causa este suceso. Aun cuando fuese aislado, aun cuando no formase parte de un plan de violencias y de crímenes con objeto político, siempre redundaría en desdoro de un país en el que la ambición o las pasiones políticas apelan con tanta fuerza para vengar sus resentimientos o para abrirse camino. La fría razón condena esos excesos, que está demostrado que jamás aprovechan a los que se lanzan a ellos y que producen siempre efectos contrarios a los que se pretenden; pero no es la fría razón la que hoy debe aplicarse al examen de aquel triste suceso, sino el sufrimiento; sentimiento de reprobación, de invencible repugnancia hacia el crimen y los criminales; sentimiento de vergüenza y dolor al ver el estado social a que han conducido a la honrada patria dos años de la más completa anarquía moral y política, en los que todas las fuerzas disolventes que encerraba este país han estado en acción constante.

No es éste momento para discutir; si lo fuese, poco trabajo nos costaría demostrar el enlace moral que existe entre el crimen de ayer y la deificación de la fuerza que hace mucho tiempo estamos presenciando; pero repetimos que hoy el sentimiento es el que debe hablar, y estamos muy seguros de interpretar el de las clases conservadoras de España, protestando con la energía de personas dignas y honradas contra el atentado de que ha sido víctima el presidente del Consejo, y deseando que su vida se salve, y que siquiera esta vez el crimen no quede envuelto en el misterio e impunes los criminales.

diario personal de

Diego Ramírez de Arrascaeta

18 de diciembre de 1898

Siempre creí que el cerebro de los genios, de los grandes intelectos, sería diferente al del resto de mortales. Que tendría otro color, otra textura, otra apariencia distinta, más distinguida, menos viscosa. Incluso, en mi ignorancia de todas estas cosas modernas que proliferan en este tiempo de avances y prodigios que vivimos, llegué a pensar si dentro de sus insignes cabezas no habría ruedas y engranajes en lugar de vísceras, como los que hacen funcionar todas esas máquinas que ahora proliferan por Madrid. Pero no es así. El cerebro de un intelectual o de un catedrático, incluso el del mayor de los inventores, no se distingue gran cosa del de un raterillo de Lavapiés o del de una *cupletista de segunda. Supongo que los cirujanos y los alienistas lo sabían ya de antiguo, pero yo lo he descubierto esta misma noche, cuando vi los sesos del almirante Isaac Peral desparramados por el empedrado de la calle de Colmenares.*

Se cebaron con él. Tenía dos heridas en el pecho y un boquete enorme en plena cara, realizado sabe Dios con qué arma. Por el diámetro de la herida diría que fue un trabuco o un dragón, pero alrededor no había pólvora ni quemaduras. Incluso con tamaño agujero se reconocía el semblante del inventor del submarino.

Reparé en mi mala suerte. «Han matado al almirante Peral, y ha tenido que ser en mi puto turno», pensé. Miré instintivamente mi reloj, calculando cuánto habría faltado para que el marrón le hubiese caído a otro: ya estaba fuera de hora. Con que el aviso hubiese llegado quince o veinte minutos más tarde me hubiera librado. Desde el dial, la leyenda «PERAL» me devolvía la mirada, como burlándose de mí. En ese momento reparé que en la muñeca izquierda del cadáver lucía otro reloj similar, aunque el suyo de oro y con la esfera reventada, sin duda dañada al caer el cuerpo sobre el empedrado.

El comisario De Ercina llegó rápido al lugar del crimen, oliendo a orujo barato y a ese sudor seco y aceitoso que le queda a uno tras cerrar la juerga en un lupanar de Malasaña. Se suponía que el muy cabrón estaba también de guardia.

—Joder, el puto Peral —me dijo, por todo saludo—. ¿Quién es la mujer?

Casi no había reparado en el otro cuerpo. Era, evidentemente, la esposa de Peral, María del Carmen Cencio. No está claro cuál de los dos enviudó de forma efímera esta noche, aunque yo apostaría por la mujer. El cadáver de ella estaba más limpio: había muerto de un único y certero disparo al corazón. Incluso su postura en el empedrado era más armónica, casi parecía dormir, rodeada por todas aquellas perlas que se habían desprendido del collar que llevaba al cuello antes del ataque, víctima sin duda del furor del asesino.

—¿Qué hacían en Colmenares? No creo que viviesen por aquí —señaló el comisario.

—Salían del Teatro de Parish. Hoy había función.

—¿Qué fueron a ver?

—Curro Vargas.

—¡Ah, claro! «Esperanza que finges, traidora, dulcísimos sueños de un bien que pasó; al llegar a mi puerta, detente, y déjame a solas llorar de dolor. Que es la ausencia peor que la muerte, y es larga la vida y es firme el amor» —entonó Ercina, con un falsete que pretendía emular, sin lograrlo, la voz de una soprano.

—Eso mismo, comisario, aunque creo que se ha dejado un par de versos por el camino.

—Al respetable que tenemos esta noche, Arrascaeta, le da igual. Para estos ya te digo yo que la ausencia no es peor que la muerte.

La chusca reflexión del comisario volvió a ponerme en mi sitio. «Han matado a Peral y a su mujer en mi turno, al final de mi puto turno. Mierda santa», pensé.

—¿A quién le va a encomendar la investigación, comisario? —pregunté, sin ninguna esperanza de librarme del marrón.

—¿A quién? Pues a mi mejor hombre y al investigador más brillante del cuerpo, por supuesto. Y ha querido la fortuna que justo hoy estuvieses de guardia, Arrascaeta. ¡Las cosas nunca suceden porque sí!

«Mi mejor hombre» y mis cojones. Si Blasco, Herrerita o el «Negro» Balboa hubiesen estado de guardia esta noche, el cabrón del comisario les hubiese dorado la píldora con la misma gracia. Pero el muerto me ha caído a mí y me toca joderme. Él lo sabía y yo también, sólo me echaba un poco de miel en el aceite de ricino. Han matado a Peral en mi puta guardia, así que hay que apechugar.

EL IMPARCIAL

DIARIO LIBERAL

FUNDADO POR D. EDUARDO GASSET Y ARTIME

Madrid, 19 de diciembre de 1898

ASESINATO DEL ALMIRANTE
ISAAC PERAL

A traición, con saña cobarde y miserable perfidia, un miserable asesino ha acabado en la calle Colmenares con la existencia del Almirante Isaac Peral y Caballero, gloria de España e inventor del sumergible Peral, el planeador Peral, el fusil de gas Peral y otros ingenios que han servido a la nación en su titánica empresa por recuperar el lugar que la Historia y el Creador le han asignado. El Almirante fue muerto a tiros, con alevosa intención, por un hombre desconocido, sin duda un enemigo de la patria, a quien las fuerzas del orden ya buscan sin descanso por todo Madrid.

El Almirante Peral había acudido al Teatro de Parish, acompañado por su elegante esposa, para asistir a la representación de la exitosa zarzuela *Curro Vargas*, con música del maestro Chapí. Terminada la función, el matrimonio giró por la calle de Colmenares, en dirección a su domicilio, cuando Peral y su esposa fueron atacados por el cobarde asesino, que descerrajó varios tiros, incluyendo uno en la cabeza, a D. Isaac Peral, que fue muerto al instante. Su amada esposa, doña María del Carmen Cencio, resultó asimismo muerta en el curso del miserable atentado.

El sonido de los disparos alertó a varios viandantes, pero el vil asesino, a quien nadie pudo ver la cara, se escabulló entre la muchedumbre de la cercana calle de San Marcos.

La policía ya está investigando el crimen y estrechando el cerco sobre el canalla, aunque su detención no basta para reparar todo el daño que ha producido, ahora y para siempre, a todo el país. En este negro día, no habrá ni uno solo entre los españoles de bien que no se una al dolor de los hijos del Almirante, dos infantes que en esta funesta hora han quedado huérfanos de padre y madre, y lamente con hondo pesar la pérdida del más insigne inventor, el más valiente militar y, en definitiva, el genio que acudió en ayuda de España en sus momentos más obscuros para devolverle la gloria que la Providencia había reservado a nuestra gran nación.

Aunque las motivaciones del asesinato del Almirante son desconocidas, la coincidencia del crimen con las conversaciones de Marsella, en las que se debate el futuro de Nápoles, no pasa desapercibida para nadie, y no puede descartarse que la muerte de Peral tenga una finalidad política.

EL IMPARCIAL, en la que sin duda es la súplica más triste desde su refundación tres décadas atrás, eleva hasta el trono el duelo por el almirante y pide para el finado una oración de todos los españoles y una tumba digna del más fiel súbdito de la nación.

«A traición, con saña cobarde
y miserable perfidia, un miserable
asesino ha acabado en la calle
Colmenares con la existencia del
Almirante Isaac Peral y Caballero».

El Liberal

Madrid, 20 de diciembre de 1898

El REY CONVOCA UN GABINETE DE CRISIS POR EL ASESINATO DE PERAL

Mientras se suceden las muestras de duelo por el vil asesinato del almirante D. Isaac Peral y Caballero y de su esposa, Dña. María del Carmen Cencio, por todo el territorio nacional, la Corona ha reaccionado con celeridad para evitar que la muerte del insigne militar e inventor derive en una crisis de Estado. El propio Amadeo I, que había viajado a Marsella para iniciar con representantes franceses, italianos e ingleses las conversaciones encaminadas a poner fin al conflicto de Nápoles, ha abandonado la negociación y retornó a España en el último tren de la noche, tras convocar para esta misma tarde un gabinete de crisis.

Según fuentes del Ministerio de Estado, a esta reunión urgente acudirán también el Primer Ministro, D. Emilio Díaz Moreu, el secretario personal de Su Majestad, el marqués D. Giuseppe Dragonetti-Gorgoni, e incluso el General D. Juan Prim y Prats, que ha abandonado su retiro en Yuste para auxiliar al monarca en estos momentos de necesidad. En paralelo, el Rey ha decretado diez días de luto oficial, que concluirá el próximo día de Santo Tomás Becket, 29 de diciembre, para que la nación pueda despedir con los debidos honores a su más insigne súbdito.

Diego Ramírez de Arrascaeta

20 de diciembre de 1898

Nunca había estado en el interior del Palacio Real. Ni siquiera cuando volví de Cuba y me dieron aquella estúpida medalla por sobrevivir al ataque del Maine. No sé dónde está aquel pedazo de latón: lo único que hicimos fue resguardarnos mientras los yankees nos lanzaban todo lo que tenían, y esperar a que los submarinos de Peral liquidasen la flotilla invasora. No deja de ser irónico que las máquinas del Almirante me permitiesen salir con vida de la bahía de La Habana, y su muerte me haya franqueado ahora las puertas del Palacio Real.

No era, ni mucho menos, una visita de cortesía. Estaba allí para dar parte de las primeras pes-

quisas en torno al asesinato de Peral al mismísimo Primer Ministro. Huelga decir que estaba más nervioso en aquel palacio que en la bahía de La Habana, con los obuses estadounidenses chillando sobre mi cabeza y trayendo consigo una tormenta de ruido, sangre y furia. Sentía retortijones y mareos, y las palmas de mis manos chorreaban sudor. Siempre estuve más cómodo en las trincheras que en los despachos, y en verdad que si llego a saber lo que me esperaba esta mañana dentro del salón de Gasparini, me hubiera ensuciado los pantalones.

Había oído que esa cámara, a la que sólo los más notables del Reino tienen acceso, era la más hermosa y distinguida del Palacio Real, y en verdad que hace justicia a su fama. No es que yo sea ducho en temas artísticos, por más que mi madre me diera nombre en honor del pintor Velázquez, pero la distinción de aquella sala, su decoración eterna y rebosante, esos diseños imposibles que llenan cada centímetro de espacio, me dejaron abrumado. Por un instante incluso olvidé los nervios que me asaltaban desde que entré en palacio, mientras mis ojos se perdían en las vibrantes formas que decoran ese espacio, conectando como un todo el suelo marmóreo con los techos de porcelana.

Tan absorto estaba en la contemplación del salón que tardé unos segundos en darme cuenta de que no estaba solo. Y no era aquella una compañía a la que fuese recomendable ignorar. En el centro de la sala, sentados en torno a una mesa ovalada, había tres hombres. Muy juntos, a mi derecha y situados frontalmente respecto a mi posición, identifiqué al Primer Ministro, sentado al lado de un hombre que no conocía, pero que luego se presentaría como el marqués Dragonetti-Gorgoni. A mi izquierda, y ocupando el otro extremo de la mesa, estaba nada menos que el general Prim. Aunque hacía años que no se dejaba ver en público no era difícil reconocerle, con su mano izquierda, inválida desde el atentado de la calle del Turco, recogida dentro de la guerrera, como si fuese un Napoleón redivivo. Me fijé que, en vez de ocupar uno de los distinguidos butacones que rodeaban la mesa, Prim estaba sentado en una silla con dos voluminosas ruedas, confirmando los rumores de que el general había perdido, en los últimos tiempos, la capacidad de andar por sí mismo.

Al fondo había un tercer hombre. Estaba de pie, mirando a través de un ventanal, con la luz *brillante del mediodía bañando su semblante, ignorando nuestra presencia y mostrándonos el distinguido perfil que había visto tantas veces en los duros. Era Amadeo en persona, presidiendo en la distancia esta reunión de notables en la que yo, un mero intruso, tenía que dar parte de las primeras pesquisas en torno al asesinato de Peral.*

—¿Qué sabemos? — inquirió Díaz Moreu.

—Buscamos a un único atacante —relaté—. Algunos testigos le vieron huir del lugar, aunque ninguno le vio la cara. Era un hombre de complexión delgada, vestía abrigo negro y una gorra calada que impedía verle los ojos. Poco más. Atacó a Peral y a su esposa poco antes de la medianoche. Ellos acababan de salir del Teatro de Parish y habían tomado Colmenares para dirigirse a su casa. Era su ruta habitual. El asaltante los esperó apostado junto a una farola convenientemente apagada: le habían cortado el suministro de gas, suponemos que fue el propio asesino.

—¿Cómo podía saber que acudirían esa noche al teatro?

—Era la función de abonados, turno impar.

Prim me interrumpió con una agria carcajada. Me quedé helado, pero no menos que Díaz

Moreu y el marqués, que giraron aterrados la cabeza hacia el general.

—*La función de abonados, hay que joderse. Con toda Europa asediándonos, con Madrid convertido en un hervidero de espías extranjeros, y el muy cabrón se va a la zarzuela, sin guardaespaldas y con su propio abono. ¡Puto Peral! —exclamó Prim.*

—*Isaac siempre fue muy descuidado con su propia seguridad, ya lo sabes.*

Quien había replicado a Prim no era otro que el Rey, revelando que pese a su actitud distante no perdía coma de lo que allí se decía. Me sorprendió la suavidad de su voz, la calma con la que hablaba, y la manera particular con la que pronunciaba esa «d» final, sin duda una herencia de su italiano natal.

—*Era el genio más idiota del mundo, Amadeo. Su temeridad les ha costado la vida a él y a su esposa, y a nosotros puede costarnos Nápoles —contestó Prim.*

En este punto no sabía si debía continuar o callarme. El general, impaciente, me instó a continuar con un ademán de su mano buena.

—*Cuando el asesino los abordó, se inició un forcejeo. Creemos que Peral trató de interponerse entre su esposa y el agresor, que la abatió de un único disparo. Murió en el acto. Después descerrajó dos tiros al almirante en el pecho y, cuando agonizaba, le remató con un disparo a bocajarro en plena cara. No se llevó nada : la mujer llevaba un valioso collar de perlas, que reventó, creemos, durante el forcejeo ; y Peral una cartera con treinta duros y una pitillera de oro. Pero lo más valioso lo llevaba en la muñeca, a la vista : un prototipo de oro de su reloj sumergible de pulsera, que resultó gravemente dañado al golpearse en el suelo tras caer el cuerpo. El asesino debió pisarlo accidentalmente al huir, porque la maquinaria está destrozada.*

Los cuatro hombres tardaron unos segundos en procesar toda la información. Por un instante rescaté la sensación de vergüenza e incertidumbre que tenía cuando, de niño, el maestro me sacaba al encerado para comprobar si me sabía la lección. Prim, por supuesto, liquidó el silencio.

—*Está claro que es un agente extranjero.*

—*Está claro —terció el Primer Ministro—. Pero, ¿de qué bando? ¿ Los norteamericanos?*

—*No, no se atreverían. Aún tienen muy presente el revolcón que les dimos en La Florida.*

Las palabras de Prim activaron un resorte escondido en mi cerebro. Recordé de nuevo la bahía de La Habana.

—¿Los ingleses? —preguntó Dragonetti-Gorgoni.

—Me extrañaría, saben que a la mínima provocación aplicaríamos un bloqueo naval que sería funesto para ellos. Además, tenemos muy controlados a todos sus agentes, y su capacidad de captar a nuevos elementos es muy limitada, nuestra propaganda funciona bien contra esos putos anglicanos y los franchutes. El equilibrio es actualmente muy precario, no se atreverían ni los unos ni los otros a activar una jugada tan arriesgada, por temor a las consecuencias. No, esto es otra cosa, huele a una reacción desesperada, lo que nos llevaría a los caneloni, *o a un ataque medido para debilitarnos y activar una ofensiva a medio plazo, lo que implicaría a algún enviado del mamón de Guillermo.*

La alusión de Prim a los caneloni *pareció incomodar a Dragonetti-Gorgoni. El secretario no se atrevió a decir nada, pero sí que intervino el Rey, que volvió a lucir esa voz inesperadamente cálida mientras abandonaba su lugar en la ventana y se aproximaba al centro de la sala.*

—Me temo que está incomodando a mi secretario, Juan. No olvide que esos caneloni están gobernados por mi querido hermano Humberto.

Ni siquiera yo, ajeno a esas cuitas, dejé de percibir el desprecio con el que Amadeo se refería a su hermano.

—Eso es lo único que me extraña, que estando el Humbertito por el medio hayan podido atreverse a una acción tan agresiva. Me cuesta creer que, a estas alturas, le hayan crecido los huevos.

—Ya, entiendo lo que quiere decir —concedió Amadeo—. Humberto siempre fue un blando, pero mi padre sentía debilidad por él. «Tiene los ojos de tu madre», decía el viejo. Son ocho años desde que murió, supongo que ya es hora de todos los dominios de la casa de Saboya se reunifiquen bajo un mando único y férreo. No está lejano el día en que esos caneloni de los que habla sean también súbditos de la Corona.

—Y cuando eso ocurra nos fundiremos en un abrazo fraterno y compartiremos el pan y la sal, pero hasta entonces trataré a cada uno de esos perros como si se encamasen cada noche con la zorra de Victoria, que no deja de ser lo que hacen, a fin de cuentas. No se ofenda, Majestad.

Amadeo emitió unas leves carcajadas, regalando a Prim una mirada franca y amable, llena de esa complicidad que habían forjado en casi tres décadas de gobierno compartido.

—A estas alturas, Juan, ya soy más español que las torrijas. Y Dragonetti igual, aunque él no tiene la misma tolerancia a su agresividad verbal que yo, tiene que entenderlo.

—Lo siento, Majestad. Trataré de moderar mi lenguaje en presencia de su secretario. Aunque ya sabe que perro viejo no aprende trucos nuevos.

—Déjelo así, Juan, no cambie ahora por favor —replicó Amadeo, entre risas—. Si moderase su lenguaje nuestros enemigos pensarían que estamos flaqueando. No, echaría de menos sus exabruptos, y también el rubor que provocan en mi buen secretario.

Prim y Díaz Moreu se rieron con ganas de la ocurrencia del Rey, y hasta Dragonetti la acogió con una sonrisa tímida. El ambiente se distendió, y por un momento todos parecieron olvidar que yo seguía allí.

—Así que los alemanes o los italianos... —siguió Amadeo—. Si son mis antiguos compatriotas puede ser positivo, nos daría argumentos para

29

atacar por fin Nápoles. Pero si ha sido Guillermo...
¿Cómo vamos con el proyecto serbio?

Dragonetti se revolvió, ahora sí, inquieto, y se quedó mirándome, consciente de que acababa de escuchar algo que probablemente no debería saber.

—Aún está verde, pero éste no es lugar para hablarlo —terció Prim.

Amadeo comprendió que el general se refería a mi presencia allí, y por primera vez me miró.

—¿Quién cree usted que puede estar detrás del atentado?

De inmediato comprendí que el auténtico examen era ese, el que se ocultaba tras la pregunta del Rey. Y por supuesto, suspendí.

—Creo que no debemos descartar que se trate de un crimen de índole más personal. El asesino sabía de las rutinas de Peral, era conocedor de que estaba abonado al Teatro de Parish y de que iría justo a esa sesión de **Curro Vargas**. Lo esperaba en la calle que seguía habitualmente para retornar a su casa, y se ensañó especialmente con el Almirante. A su esposa la liquidó rápido, un único tiro, y probablemente ni siquiera era su intención matarla. A Peral, en cambio, no le bastó con los dos disparos al pecho: hubiese muerto sin duda, pero le pegó un tercer tiro en plena cara, como si le molestara que le mirase. Me parece algo más visceral, no la fría ejecución de un agente. Y después está el tema de las balas...

—¿Las balas? —preguntó Díaz Moreu.

—Sí. Hemos extraído los proyectiles que se usaron en el atentado. Nunca había visto nada igual, ni en el Ejército. En las heridas hay restos de plomo, pero las piezas que hemos recuperado son de acero, y tienen una forma muy alargada. Su parte frontal se desprendió tras el impacto, multiplicando el radio del daño: en la práctica, era como si le hubiesen disparado con un dragón a muy poca distancia. Es algún tipo de proyectil experimental, y sólo se me ocurre un lugar en el que puede haberse fabricado. Tenemos que investigar en el DECIMVS.

Mi reflexión incomodó notablemente a Dragonetti y al Primer Ministro, que se removieron incómodos en la silla. Estaba claro que no querían verme husmeando por el Departamento. El Rey meditaba en silencio mis palabras, sin duda esperando alguna reacción por parte de sus colaboradores más estrechos. Llegó del lado de Prim, por supuesto.

—*Arrascaeta...* —comenzó—. *Eso es vasco, ¿no?*

Comprendí de inmediato que caminaba sobre el filo de un machete.

—Sí, señor. La familia de mi madre...

—Ya, ya —me interrumpió—. En las Vascongadas sólo hay rameras y carlistas. Dígame, agente, ¿lleva usted bragas bajo los pantalones?

La pregunta me golpeó en todo el estómago. Pero supe reaccionar, creo. Me cuadré y seguí con mi explicación.

—Como le decía, la familia de mi madre emigró a Madrid a principios de siglo. Desde mi bisabuelo, todos hemos nacido aquí. Y en cada generación ha habido militares en los ejércitos leales al Reino. Yo mismo, como sin duda sabrá, combatí en Cuba...

—Sí, sí que lo sé. Y tiene buenas referencias además. Dicen que no flaqueó durante el ataque del *Maine* a *La Habana*. Fue una gran victoria.

En realidad no lo fue. El general nos había usado de cebo para retener al *Maine* y situar a sus submarinos en ventaja para liquidar la flota norteamericana. El tullido miserable que tenía enfrente era el mismo cabrón que convirtió a toda una guarnición en carne de cañón, en una cruel partida de ajedrez jugada con pólvora y metal.

—Sí, lo fue, señor —mentí.

Prim se quedó unos instantes mirándome fijamente, como si tratase de decidir si me pegaba dos tiros allí mismo o me ascendía a capitán. Es esa clase de hombre: cruel y extremo, inclemente, pero pragmático.

—Sin duda me gusta más su primer apellido, Ramírez. Destila españolidad. Una vez tuve bajo mi mando un teniente llamado Ramírez, era un buen soldado. Murió en Las Carolinas, pero no sin antes dar bien por el culo a los alemanes. ¿No sería familia suya, por un casual?

—Mi tío Esteban murió en Las Carolinas, señor.

Prim pareció complacido, aunque yo no estaba seguro de que hablásemos del mismo hombre: no me constaba que el hermano de mi madre hubiese pasado del rango de cabo.

—Excelente. Confío en que haga honor a su primer apellido y a su brillante historial en el Ejército en la investigación de este asesinato. ¿Qué va a hacer ahora, soldado?

Si la pregunta del Rey era un examen, esta era la reválida. Y esta vez no podía suspender.

—Encontraré a ese agente extranjero, señor.

—Era justo lo que esperaba oír. Puede retirarse, soldado.

GAZETA DE MADRID

21 DE DICIEMBRE DE 1898

No hai nada de oficio en esta gazeta
sino las providencias y actas del gobierno

ESPAÑA

Ante el cruel asesinato del almirante D. Isaac Peral y Caballero, que ha dejado a España sin uno de sus más fieles paladines, y vista la crucial labor que el finado cumplía en la defensa nacional, EL REY (Q.D.G.) decreta una reordenación urgente de los servicios de Defensa e Inteligencia ante el evidente riesgo de un ataque de nuestros enemigos extranjeros, que sin duda estarán tentados de atentar de nuevo contra nuestra patria aprovechando estos momentos de duelo. Por ello, y en aras de no menoscabar la solidez de nuestras instituciones, se decreta que, de manera inmediata, D. Fernando Primo de Rivera, hasta ahora director del Servicio de Espionaje, Inteligencia y Seguridad (SEIS), suceda al difunto almirante como director del Departamento Español de la Ciencia y la Investigación Marina, Volátil y Submarina (DECIMVS). Por su parte, el hasta ahora subdirector del SEIS, D. Juan Montilla y Adán, asume la dirección de este organismo.

Con la incorporación de D. Fernando Primo de Rivera, el DECIMVS cambia también, de forma transitoria, su estructura operativa para evitar demoras o retrasos indeseados en sus actividades que puedan ser aprovechados por nuestros enemigos para socavar la integridad de estos cruciales servicios. Así, los tres subdirectores del DECIMVS, D. Salvador de Torres Cartas (Subdirector de ingenios marinos y submarinos), D. Leonardo Torres Quevedo (Subdirector de ingenios volátiles) y D. José Casares Gil (Subdirector de explosivos y armas experimentales), tendrán desde ahora y hasta que concluya la reordenación del Departamento, independencia operativa en sus respectivas secciones.

Dado en Palacio a veinte de diciembre de 1898

AMADEO

diario personal de

Diego Ramírez de Arrascaeta

21 de diciembre de 1898

Prim me ha puesto una niñera. Es un tal Ginés de Hurtado, y realmente hace honor a su nombre: parece estar moviéndose siempre a hurtadillas. Tiene un vestir impoluto, luce un afeitado apurado que hace dudar de si es lampiño de natural o simplemente tan joven que aún no le ha aflorado la barba, y lleva unas lentes de montura redonda. Por su apariencia se diría que es un colegial arquetípico, de los que nunca han roto un plato, pero hay algo en él que no me gusta: es su mirada. No sé explicarlo, pero esa mirada tiene filo. No me cabe duda de que el tal Ginés le saca la basura al tullido cuando es menester.

Ya que tengo que comerme un «compañero», al menos le he sacado partido. Fui con él al funeral de Peral, y en verdad que fue una experiencia instructiva. Para alguien como yo, que no estoy al cabo de la calle en las cuitas políticas, resulta beneficioso tener al lado a un individuo ducho en estas lides.

Se esperaba un cortejo fúnebre digno de un rey, y sin duda tuvo esas dimensiones. Acudió tanta gente al sepelio que, cuando los restos del Almirante y su mujer llegaban al cementerio de San Isidro, la cola de la multitud aún no había salido de la Colegiata, a tres kilómetros del camposanto. Esa afluencia y el hecho de que el cortejo estuviese presidido por el Rey, flanqueado por la cúpula del Gobierno, motivaron un enorme operativo de seguridad, coordinado por el ejército. A los agentes de la policía nos tocó asegurar el perímetro del cementerio, aunque yo, al estar anclado a Hurtado, podía moverme con cierta libertad.

Los dignatarios extranjeros, conscientes de las tensiones que ha despertado el crimen, escaseaban en el cortejo, más allá de algún embajador de países aliados como Portugal o Irlanda. Pero eso no quiere decir que no hubiese agentes fisgando en el cementerio. No había que ser precisamente un sabueso para localizar a aquellos aspirantes a espía que, tratando de pasar desapercibidos, no hacían más que delatarse en cada gesto.

Vigilar a aquellos individuos era la principal ocupación de mis compañeros. Yo, en cambio, estaba centrado en ponerles cara a los gerifaltes de *DECIMVS* y del *SEIS*, especialmente a aquellos que se habrían beneficiado de la muerte de Peral.

Tengo el convencimiento de que el asesino del Almirante y de su mujer está vinculado al Departamento. Sólo allí sabían que el matrimonio estaría en el *Parish*, y el crimen fue demasiado brutal para tratarse de un trabajo realizado por un profesional. Ese disparo en la cara indica rabia, algo personal.

A la cabeza del cortejo fúnebre iban los Reyes, cogiendo cada uno de la mano a uno de los hijos de Peral. Los rapaces, ambos de poco más de diez años, caminaban como autómatas, seguramente sedados. Sentí una gran congoja por ellos, especialmente cuando vi detrás, a lomos de una aparatosa silla con ruedas empujada nada menos que por el Primer Ministro, a Prim, que sin duda aprovecharía su tragedia familiar para sacar algún rédito político.

El valido inválido capitaneaba a un Gobierno del que no forma parte sobre el papel, pero que en la práctica sigue sus órdenes a pies juntillas. El poder es extraño, nunca reside donde pensamos, donde sería natural. Tras Prim avanzaba una cohorte de notables del Reino; algunos los conocía de los papeles, pero en su mayoría me eran extraños.

—¿Quién es Primo de Rivera? —pregunté, tratando de poner cara al nuevo director del DECIMVS.

—El militar que está justo detrás de Prim.

—¿El calvo con bigotazo y dos docenas de medallas?

—Ese mismo.

—¿Y Montilla, su sucesor en el SEIS?

—El tipo alto de traje que está a su derecha.

Un poco más rezagados respecto a los notables estaban los subdirectores de DECIMVS, que también habían obtenido su cuota de poder con el cambio.

—Peral era exigente —me explicó Hurtado— y estaba muy encima de cada proyecto, hasta el punto de desautorizar en ocasiones a sus subalternos. Pero todos ellos le reconocían su altura intelectual: no se *trataba de disputas de taberna. Son científicos, no se dejan llevar por arrebatos pasionales.*

—*Pero son hombres, al fin y al cabo. Y los huevos, pesan* —discrepé.

Justo detrás, sumergidos entre los empleados del DECIMVS, me fijé en una parejita joven. Ella, vestida de morado y con una pamela fláccida, estaba especialmente afectada, llorando de manera exagerada. Él, un tipo bajito con bigote francés y bombín, la llevaba del brazo. Daba la sensación de que, si la soltaba, caería a plomo.

—*¿Quiénes son esos dos?* —pregunté.

—*Ella es Beatriz Casal, la secretaria personal de Peral. Y él, Pier Cardona, diseñador, uno de los protegidos del Almirante. Lo pasarán mal de ahora en adelante.*

—*¿Y eso?*

—*Cardona se crio en España, pero sus padres eran extranjeros: francés e italiana. Siempre le vieron con desconfianza en el Departamento, pero el Almirante valoraba mucho su creatividad como diseñador. Dudo mucho que Primo de Rivera tenga la misma sensibilidad: supongo que le echarán en las próximas semanas. En cuanto a la señorita Casal...*

Hurtado buscaba una forma delicada de explicar la naturaleza de la relación de la secretaria con el difunto Almirante, pero viendo su afectación en el funeral no hacía falta decir más.

—Entiendo— le corté.

Mi lista de sospechosos comenzaba a tomar forma, aunque todavía tenía algunas dudas.

—Lo de Primo de Rivera ha sido como un ascenso, ¿no? Quiero decir, el DECIMVS está por encima del SEIS.

—En la práctica sí, aunque no es tan simple, y hay quien piensa que no debería ser así —respondió Hurtado.

—Explíquese.

Hurtado guardó silencio unos instantes, como si estuviese meditando qué podía contarme y qué no.

—¿Sabe usted lo que es el CIS? —inquirió al fin.

—Eso es el Consejo de Seguridad, ¿no?

—El Consejo de Inteligencia y Seguridad, sí. ¿Sabe cuáles son sus miembros?

—Sólo que lo preside el director del SEIS.

—No exactamente. El CIS está formado por los directores de los diferentes servicios de seguri-

dad del país. Tenemos primero la Unidad Naval Operativa.

—El UNO —repliqué.

—Exacto. Luego está el Departamento de Operaciones Submarinas o DOS; el Tercio Regular de Especialistas en Seguridad...

—Los matones del TRES —apostillé, usando el término popular por el que se conoce a los violentos gorilas que se encargan de la protección de los altos cargos del Gobierno.

—Así les llaman, sí, y he de decir que no sin razón. Pero sigamos: también está el director del Comando Unificado de Acciones Terrestres y Respuestas Ofensivas o CUATRO; y el del Comando de Intervenciones de Naturaleza Celeste y Orbital, el CINCO.

—Aparte, claro está, del director del SEIS.

—Eso es. El caso es que cada uno de estos organismos tiene un radio de acción específico, están diseñados para que no se solapen ni haya conflicto entre ellos. Esto es posible gracias al papel del SEIS, que coordina los movimientos de los otros y propicia el diálogo entre los distintos cuerpos. Eso otorga al director del SEIS un lugar preeminente dentro del CIS: no es exactamente un presidente

del Consejo, pero sí que ejerce como **primus inter pares.**

La explicación de Hurtado me dejaba una duda crucial.

—*¿El direĉtor del DECIMVS no está en el Consejo?*

—*No. Esa es la otra parte: en teoría el DE-CIMVS no está por encima de ninguno de esos otros organismos, y por supuesto tampoco del CIS. Pero en la práĉtica, podría decirse que sí por una razón muy sencilla: es el proveedor de todos ellos. Si en algún momento, por lo que sea, el DECIMVS cierra el grifo y deja de proveer al CIS con sus ingenios, la seguridad nacional se tambalearía. Eso le deja en una situación preeminente sobre todos los demás, y genera una especie de competencia entre ellos.*

—*¿Y cómo va a sentar en el DECIMVS que hayan nombrado al anterior direĉtor del SEIS como sucesor de Peral?*

—*Dentro del Gobierno hay quien achacaba esa competencia entre el CIS y el DECIMVS al propio caráĉter del Almirante. Al dar el mando del Departamento a Primo de Rivera, se cree que pueden terminar las rencillas y lograr una mejor coordinación entre todos ellos.*

Hurtado, quizá sin darse cuenta, había dejado un cabo, y me agarré a él.

—¿Es idea de Prim? —pregunté.

—¡No! —exclamó, con una ligera mueca de desagrado—. Esta solución ha sido propuesta por el Primer Ministro. El General tiene... otras ideas.

Busqué a Moreu en la cabeza del cortejo fúnebre, mientras recordaba algo que se había mencionado el Rey durante mi audiencia en el Palacio Real.

—¿El proyecto serbio? —pregunté, sin mucho convencimiento.

Hurtado se quedó ojiplático, sorprendido con el hecho de que yo conociese, siquiera por referencias, un proyecto que era a todas luces del más alto secreto.

—No sé dónde ha escuchado eso —contestó Hurtado, tras recuperar el semblante—, pero no le haría ningún bien ir pregonándolo por ahí.

Tras su advertencia, el secretario guardó silencio y se centró en el funeral, escuchando atentamente las palabras del Rey, que estaba en pleno discurso ante los féretros de Isaac Peral y su esposa. Yo, por mi parte, volví a fijarme en los asistentes, tratando de asociar alguna de aquellas caras con los nombres que leía frecuentemente en los periódicos.

Pasamos así un rato largo, hasta que reparé en un individuo peculiar. Estaba solo, a unos veinte metros de nosotros, apoyado contra un árbol y siguiendo atentamente, en la distancia, el desarrollo del funeral. Era alto, me sacaba al menos una cabeza, y parecía extremadamente delgado, aunque quizás fuese una sensación derivada de sus ropajes, de negro riguroso. Un sombrero chambergo ocultaba parcialmente su cara, aunque dejaba asomar un bigote fino y largo, bien cuidado, y una boca lobuna que no auguraba nada bueno.

—¿Conoce a ese? —pregunté a Hurtado.

El secretario miró al individuo, y no tardó en informar.

—Es Mario Artico, un agente de la Embajada de Italia.

Me cuadraba, tenía pinta de **caneloni** cabrón. En ese instante el tipo retiró hacia atrás su abrigo, en su costado derecho, y dejó al descubierto una cartuchera como las que usan los **yankees**. Salté como un resorte y avancé hacia él.

Llegué rápido a su vera y me dispuse a echarle el guante, pero el italiano se giró con mucha agi-

*lidad. No sé cómo lo hizo, pero en un pispás acabé
en el suelo y con su pistola apuntándome a la cara.*

*—¡ No, Mario ! ¡ Alto ! —exclamó Hurtado,
lo bastante alto para que le oyésemos pero no lo suficiente para interrumpir el funeral. Se ve que mi
seguridad era secundaria respecto a las normas de
protocolo.*

*El italiano se refrenó, también porque el tra-
jín había alertado a otros policías, que se acerca-
ban rápidamente al lugar.*

*—Soy Mario Artico, agregado de la Emba-
jada de Italia. Tengo inmunidad —les dijo el* caneloni, *de voz extraordinariamente aguda y con
un acento italiano diluido en un deje de chulapo.*

*—Doy fe —apostilló Hurtado—. Ahora, Ma-
rio, deja al agente Ramírez.*

*El italiano me miró con desprecio, antes de
enfundar su arma.*

*—Ata en corto a tus perros, Hurtado. Al
próximo que se me acerque por la espalda le rajo
—replicó Artico, mientras se alejaba de nosotros
en dirección a las puertas del camposanto.*

EL IMPARCIAL

DIARIO LIBERAL

FUNDADO POR D. EDUARDO GASSET Y ARTIME

Madrid, 22 de diciembre de 1898

ENTIERRO
DEL ALMIRANTE PERAL

Todo Madrid, toda España, se unió ayer en el último adiós al Almirante D. Isaac Peral y Caballero, héroe nacional cuyas creaciones sirvieron para retornar a la nación al lugar que la Providencia y el Destino le habían reservado como dominadora del mundo. Las calles de la capital, habitualmente un hervidero de chulapos y manolas, se mudaron ayer de luto en honor al Almirante, cuyos restos fueron honrados en los días precedentes por millares de patriotas que se acercaron a la capilla ardiente, instalada en la colegiata de

San Isidro El Real, para dar el último adiós a quien devolvió el orgullo a todos los españoles.

Al multitudinario funeral, oficiado por el arzobispo de Toledo, el reverendo Ciriaco María Sancha y Hervás, acudió una nutrida representación del gobierno de la nación, encabezada por Su Alteza Real Amadeo I, quien se mantuvo en todo momento al lado de los dos hijos del Almirante, súbitamente convertidos en huérfanos de padre y madre a consecuencia del vil atentado que acabó este pasado domingo con la vida de Peral y de su esposa, doña María del Carmen Cencio.

Aunque el acceso a la colegiata era restringido, debido al pertinente operativo de seguridad desplegado para evitar un nuevo atentado por parte de nuestros enemigos, en torno al templo se congregó un inmenso círculo de gente, con reflujos de marea, unida por el llanto por la muerte del Almirante. Tras el funeral, los restos de nuestro héroe y de su esposa fueron trasladados al cementerio de San Isidro, en un distinguido cortejo que encabezaba el propio monarca, con el gesto mudado por el dolor ante la pérdida de quien fue su amigo y, junto al general Prim, el principal bastión de la fortaleza militar nacional.

Finalizado el enterramiento del almirante y de su esposa, Su Majestad se dirigió a la multitud presente y, con voz doliente aunque enérgica, entregó unas palabras que aliviaron, al menos en parte, el sufrimiento de la nación. «En este yermo enterramos hoy, en uno de los días más tristes de nuestra Historia, a quien fue el más destacado protector del Reino, el león que guardó nuestra casa cuando la cercaban las hienas, el auténtico Cid Campeador de nuestro tiempo», afirmó el Soberano, que acto seguido elevó su voz a los cielos para lanzar una advertencia que sin duda habrán escuchado en Londres y París: «Tengan por seguro los autores de este vil crimen que habrán de pagar con su sangre el dolor que han causado, en esta negra hora, a todos los españoles».

El discurso del monarca fue recibido con fervor por el pueblo madrileño, e incluso obró el milagro de mitigar el dolor en el gesto de los hijos de Peral. Unas palabras que nos dan la confianza en que, aun en un momento de duelo nacional como el que vivimos, nuestros dirigentes ya preparan la debida réplica a un crimen que ha conmovido a todos los españoles y a los cristianos de bien que pueblan el ancho mundo.

diario personal de

Diego Ramírez de Arrascaeta

23 de diciembre de 1898

El rastro italiano parece prometedor, más con lo que hemos sabido esta noche durante una fructífera visita al Café de La Marina. Al igual que el secretario me sirvió de Cicerone en el cementerio, para recorrer los cafés que frecuentan diplomáticos y espías, que no dejan de ser bestias de la misma ralea, hacía falta un guía local. Y el mejor del cuerpo en los temas de la noche, todos lo saben, es el «Negro» Balboa. El cubano, que es un fenómeno, atinó a la primera. «¡A La Marina!», bramó, y para allá nos fuimos él, yo y «Hurtadilla», al que casi estoy por llamar «Ladilla». Por abreviar, y porque no se despega de mí.

En el célebre café, lleno hasta la quijada, estaban todos los individuos que, a juicio de Prim y de su secretario, podrían tener algo que ver en el asesinato. Desde nuestra posición, en una discreta mesa al fondo del local, gozábamos de una vista completa de la sala y, lo que no era menos importante, del escenario. Porque esta noche tocaba nada menos que Ramón Montoya, el joven prodigio de la guitarra. Por eso el local estaba atestado, con la mejor entrada desde que Joaquín Dicenta se lio a tiros con el encargado del café a principios del mes pasado.

El rapaz de la guitarra se lanzó por alegrías, y el «Negro», genio y figura, comenzó a bailar de mesa en mesa, identificando la raza de cada uno de los chacales extranjeros que asistían al concierto.

—Los tres de allí, en la mesa a la derecha del escenario son los franchutes. El del centro, el enano de gafitas, es el embajador.

—Jules Patenôtre —terció Hurtado.

—Ese. A su derecha está René Pignol, un cabrón muy peligroso. Hábil con la navaja. El verano pasado rajó a una fulana en Lavapiés porque se rio del tamaño de su rabo. Un auténtico cabrón.

—¿Y el otro? –pregunté.

—Ese es el contable de la embajada, Antoine Deloitte. Un panoli, parece ser que no tiene ni idea de números. Pero se metió en algún lío de faldas raro en París, con una mujer casada, y como es sobrino de un ministro lo mandaron para acá.

El «Negro» se giró levemente y nos señaló otra mesa, al lado opuesto del escenario.

—Allí están los alemanes. No lo pueden ocultar, con esos bigotazos. El alto es el embajador.

—Joseph Maria von Radowitz —ilustró Hurtado.

—El mismo que viste y calza. El que tiene al lado, ese al que le faltan el brazo y el ojo del lado derecho, es Matthias von Brummell. Coronel de infantería, le pega al aguardiente malo y a las jovencitas que alquila por horas en un burdel del Arenal. Es cliente fijo.

—¿Los dos mostrencos que los acompañan?

—Los guardaespaldas del embajador. Es un cagao, no va ni a misa sin seguridad.

La guitarra de Montoya cobró intensidad. Los dedos del imberbe músico, un virtuoso en ciernes, saltaban de cuerda a cuerda con velocidad y precisión. Siguiendo el latido de su música, Balboa nos guio hasta una mesa algo más próxima a nosotros, *repleta con siete fulanos de todo fuste y condición.*

—*Ahí se agolpan los* **yankees** *y los ingleses. Son uña y carne desde que empezamos a amenazar con bloquear las islas: ante el temor a ver cortados los suministros que les llegan desde el continente, los británicos convirtieron a la antigua colonia en su mayor proveedor. Los dos del centro son el embajador inglés, Henry Drummond Wolff, y el estadounidense, Stewart Woodford. Los demás son guardaespaldas y algún agregado de la embajada, todos gente sin interés salvo el pelirrojo. Es un escocés, Gordon Thurnbull. Es de los nuestros.*

Hurtado se sobresaltó ante la aseveración de Balboa. Bajó la voz.

—*¿Cómo sabe usted eso?*

—*¿Que «Gordie» es agente doble? Joder, los únicos que no deben estar enterados son los putos ingleses, aunque les está bien empleado por tener en nómina a un escocés. Se nota que no conocen su historia. El caso es que «Gordie» le da al whisky como un demonio, y larga que no vea, sobre todo si hay chicas guapas delante. Tengo una amiga, cubana, que de cuando en cuando le da un meneo y después me vende la información que le sonsaca en el catre por cuatro perras.*

Hurtado estaba pálido.

—No se preocupe —le tranquilizó Balboa—. «Gordie» es bastante hábil, los tiene a todos camelados. Los lleva de juerga en juerga, y les hace lo mismo que mi amiga con él: los emborracha y les sonsaca toda esa mierda que luego le vende al SEIS. Al final, todo es un círculo.

Las Alegrías incrementaron su velocidad, de tal forma que la guitarra de Montoya echaba casi tanto humo como la cabeza del secretario de Prim cuando llegamos a la cuarta mesa, a apenas unos metros de nosotros.

—Ahí tenemos a los italianos, siempre tan emperifollados. El de la barbita y el monóculo es el cónsul, el barón Renzis nosecuantos.

—Barón Renzis di Montano —completó Hurtado, ya recuperado del susto del escocés.

—Lo que sea —replicó Balboa—. El tío a su lado, el calvo de mirada siniestra, es un tal Antonio Margheritti. En teoría representa a una especie de asociación de veteranos, el Consejo Garibaldino o algo así. Un nombre italiano idiota y larguísimo. En realidad está metido en mil trapicheos: es un conseguidor.

—No entiendo —dijo Hurtado.

—Reparte favores y prebendas para proporcionar a los poderosos algunos servicios no necesariamente legales ni morales que no podrían obtener sin ver dañada su reputación —traduje—. ¿Cuál es su especialidad? ¿Opio? ¿Mujeres? ¿Infantes?

—Este le pega a todos los palos, no tiene escrúpulos ni límites. Y por lo que se ve, a los que sirve en la Embajada tampoco. Es una bacanal romana continua lo que hay tras esos muros. Una vez me colé en una de sus fiestas y, joder, no veas qué movida. Hasta los camareros iban en pelotas, bandeja en mano con el culo pegado la pared por si alguno se equivocaba de agujero. Y había salas especiales para que los invitados fumasen opio o se inyectasen cocaína. Aquello parecía Babilonia.

Si a Balboa le parecía demasiado, la juerga debía de ser tremenda. Pero yo ya estaba reparando en otra cosa, en un tercer hombre que estaba en la mesa, dándonos la espalda. Se giró un momento a comentar algo con el tal Margheritti y reconocí al hideputa del cementerio.

—Es el del funeral, el tal Ártico —dije a Hurtado.

—¿Conoces a ese cerdo? —preguntó Balboa.

—Tuvimos un encontronazo en pleno funeral del Almirante.

—Uf, suerte que no te rajó. Es el mayor cabrón de Madrid, y un auténtico sádico. Ese mata por placer.

El público del café estalló en aplausos, sacándonos de nuestras cavilaciones y anunciando que Montoya había terminado la pieza. Como si estuviesen coordinados, al tiempo que comenzaban los gritos de «¡Olé!» entraba por la puerta Federico Hornillos, «El Pichón». El joven diestro cordobés que está llamado, dicen los entendidos, a suceder a «Guerrita» como el próximo Califa del Toreo. De su brazo, cual estoque, caminaba una gachí tremenda, que yo no reconocí pero sí el «Negro», siempre al quite cuando se trata de mujeres.

—¡Coño! ¡La Berges!

Era Augusta Berges, la célebre cupletista alemana que llevaba cinco años escandalizando Madrid, semana tras semana, en el Barbieri, quitándose la ropa sobre el escenario con la excusa de buscar una pulga que se le había metido entre las telas. En estas, me fijé que no éramos los únicos atentos a la pareja. Mario Artico siguió con la

mirada el recorrer del torero y la cantante hasta
su mesa, en un lateral del local.

—*Mira a nuestro amigo Artico, no les quita*
ojo. Se ve que le van las cupletistas...

—*En realidad* —terció Hurtado— *lo que le*
va son los toreros.

Balboa y yo nos giramos al unísono hacia el
secretario, asombrados por la revelación.

—¿*El* caneloni *es trucha?* —preguntó Bal-
boa.

Hurtado tardó unos segundos en responder, como
tratando de asimilar la pregunta del «Negro».

—*No sé si he entendido del todo esa jerga, pero*
si lo que pregunta es si Mario Artico es sodomita, u
homosexual, como los llaman ahora los académicos
alemanes, la respuesta es sí: sin duda lo es. Y por
mis informaciones, en el caso del «Pichón» la pa-
sión es correspondida. Me sorprende, en todo caso,
su comentario, señor Balboa. Si no me equivoco,
ambos fueron militares, y por lo que yo sé en la vida
castrense este tipo de... orientaciones son más habi-
tuales que en la sociedad civil. ¿Acaso no acuña-
ron ustedes aquello de «No preguntes, no digas»?

—*En Infantería, donde yo serví, ya le digo a*
usted que no. Si pillan a una pareja montándoselo

en un barracón les fusilan a los dos de frente, sin consejo de guerra ni leches. Otra cosa es la Marina, donde estuvo el amigo Arrasca. Allí sí que se dan este tipo de cosas. Por eso los de Infantería los llamamos «truchas».

El asedio de La Habana cruzó fugaz por mi cabeza. Recordé a dos jóvenes infantes, Luis y Manolo, un catalán y un gaditano que quemaban juntos la noche cubana, y cuyos escarceos tapábamos sus compañeros del pelotón, para evitar que los mandos se enterasen. Murieron abrazados, por culpa de un certero proyectil, en pleno ataque del Maine. Acaso fuese por ellos que me sentí impelido a contestar.

—Digamos que entre los marineros la cosa está más normalizada. Hay una tradición detrás, ya sabe que a los piratas les gustaba ponerse abalorios de mujer, y era por algo. Son, a fin de cuentas, muchos meses en la mar, sin una mujer cerca y con demasiado esfuerzo físico que hay que desahogar. Y cuando metes al ron en la ecuación... ya se sabe. Verga enhiesta no cree en Dios.

Hurtado me miró con curiosidad, acaso preguntándose si yo también me había dejado llevar por esas pasiones. Le dejé con la duda y centré, siquiera por unos minutos, mi atención en Montoya, que comenzaba a deslizar de nuevo sus dedos por las cuerdas, esbozando unas bulerías juguetonas que pronto hicieron aflorar sonrisas entre el respetable. Balboa, en cambio, tenía la mirada fija en «El Pichón» y su pareja, seguramente, pensé yo, cavilando cómo conquistar a la Berges, ahora que sabíamos que estaba libre.

Al rato, el secretario se disculpó y se fue a los excusados. No bien había dejado la mesa, me giré hacia el «Negro», que seguía anclado en sus pensamientos.

—Esto es una idiotez. Estamos aquí en un puto concierto vigilando a todos esos fulanos extranjeros cuando tenemos la lista de sospechosos publicada en La Gazeta. Menuda pérdida de tiempo, «Negro».

—No creas, quizás hayamos dado con la pista buena —replicó.

Balboa dirigió la vista hacia la estela de Hurtado, que se metía ya en el excusado, y nada más que lo vio entrar me hizo un gesto para acompañarle a la barra. Pidió al camarero periódicos viejos, y éste le señaló un cubo de basura repleto de papeles. El «Negro» se puso a rebuscar con ansia, persiguiendo un ejemplar concreto. Una sonrisa de *satisfacción emergió en su cara cuando encontró un ejemplar de* La Época *del 18 de diciembre, el día del asesinato de Peral.*

—*¿Qué esperas encontrar ahí? ¿Publicaron el nombre del asesino en la sección de Sucesos?* —*inquirí.*

—*No, en los «Ecos de sociedad».*

Balboa, que ya había encontrado la página que buscaba, me señaló un párrafo concreto del periódico, en el que se informaba que «El Pichón» acudiría esa noche a la representación de Curro Vargas *en el Teatro de Parish junto a su «prometida», la Berges.*

Devolvimos rápidamente los periódicos al cubo de basura y retornamos a la mesa, a fin de que Hurtado no se coscase de nada a su vuelta.

—*«El Pichón» estuvo en el teatro esa noche. Podemos suponer que su amante no estaría lejos...* —*teoricé.*

El «Negro» aceptó el envite.

—*No entraría al teatro, pero quizás les esperase fuera para reunirse con el torero tras la función. En estas, ve salir a Peral, acompañado de su esposa pero sin guardaespaldas.*

—*La ocasión la pintan calva.*

—*Eso mismo. Así que les sigue y en cuanto ve que están en una calle oscura y más o menos apartada, lanza un órdago a la grande aunque no tenga el parabién de sus jefes: los aborda y los liquida.*

Nos quedamos unos instantes madurando la teoría.

—*Necesitamos pruebas* —dije—. *Hay que seguirlos. A los dos.*

Justo en ese preciso momento, vimos a Mario Artico levantarse de la mesa y dirigirse hacia la salida, con un andar felino que anunciaba peligro a cada paso.

—*Supongo que me toca, tú tienes que librarte de nuestra carabina antes de que la parejita feliz se ponga en marcha.*

No pude evitar hacerle una chanza a mi camarada.

—*Tranquilo, te mantendré caliente a la Berges para cuando todo acabe.*

—*¡Serás cabronazo!* —respondió el «Negro», entre risas—. *Me voy, no quiero perder al «caneloni».*

Balboa cogió el abrigo y se fue tras Artico. Hurtado, se ve que eran aguas mayores, aún tardó unos minutos en volver. Cuando llegó a la mesa le expliqué que Balboa tenía guardia a la mañana y se había ido al catre. No pareció sospechar nada. Aguantamos en el local un par de piezas más, disfrutando del duende de Montoya y ampliando algunos detalles sobre nuestros amigos consulares. Tras abandonar el café y despedirnos, retorné sobre mis pasos para apostarme cerca de la puerta, en un rincón oscuro, y esperar a la salida del «Pichón» y la Berges.

La pareja apuró la velada y ya pasaba de medianoche cuando les vi salir. Cogieron un carruaje y les seguí, en otro, hasta una casa en el barrio de La Latina, donde la Berges se apeó sin demasiada ceremonia ni despedirse de su presunto prometido. Sin testigos, no hacía falta continuar con la mascarada. El carruaje, con «El Pichón» aún a bordo, continuó hacia la calle de Toledo. Allí, frente a una discreta casa que debe usar de picadero, se apeó el torero.

Tuve una corazonada y decidí quedarme allí un rato, vigilando la casa a prudencial distancia. Tras una corta espera vi llegar a Mario Artico, que entró rápidamente en el mismo edificio donde aguardaba su amante. El «Negro» no apareció.

diario personal de

Diego Ramírez
de Arrascaeta

24 de diciembre de 1898

Todo se ha complicado, pero quizás era necesario. Para empezar, el «Negro» está en el hospital. Lo encontraron de madrugada en el callejón de San Ginés, con dos tajos en la barriga. Ha sido el cabrón de Artico: el caneloni se percató de que Balboa le seguía desde el Café de La Marina y le emboscó en el callejón. El «Negro» no tuvo opción. Artico le esperó en una esquina y, cuando Balboa dobló, le dio dos estoques rápidos y se fue por piernas.

Balboa ha sobrevivido de milagro. Está ingresado en el Hospital General, y aunque las heridas son bastante feas, no hay duda de que vivirá. Es fuerte, el cubano. No dejo de pensar en que si lo hubiésemos hecho al revés, si hubiese seguido yo al *italiano y él se hubiese ocupado del torero, sería yo al que hubiesen rajado en un oscuro callejón. Pero dudo que hubiese sobrevivido: el «Negro» es muy duro, mucho más que yo.*

Quizás fuese ese pensamiento lo que me enfureció. Salí encendido de aquella habitación de hospital. Hurtado me esperaba en el pasillo, con evidente cara de preocupación.

—Sé que ésto es duro para usted, pero no debe ir a por Mario Artico —me alertó.

Me dieron ganas de darle una hostia allí mismo, pero me contuve. Necesitaba que hiciese algo por mí.

—Vamos a dejarnos de juegos, Hurtado. Ese cabrón ha rajado a un policía, y va a pagar por ello. ¿Quiere ser útil? Pues guárdese sus consejos y vaya a Leganitos. Busque a un agente llamado Luis de Herrera. Le conocen como «Herrerita». Dígale que se reúna conmigo en la entrada a la Torre de los siete jorobados. Él sabrá dónde es.

Me fui del hospital, tenía prisa. Sabía exactamente cómo atraer al italiano, pero el tiempo jugaba en mi contra. Un coche me llevó a la carrera hasta la calle de Toledo. Algo me decía que Artico iba a pasar la Nochebuena con su novio torero, y yo tenía que estar allí antes de que «El Pichón» llegase a casa.

Esperé un par de horas, quizá tres. Ya temía haber errado cuando un coche que me resultaba familiar enfiló la calle. Me acerqué a la puerta de la casa y aguardé la llegada del carruaje, simulando esperar a alguien. Cuando se abrió la puerta y «El Pichón» descendió a la calle le tumbé de un derechazo. En el interior, la Berges comenzó a gritar, mientras el conductor trataba de bajar del tiro con ganas de bronca. Desenfundé y les encañoné. Mano de santo: ella cerró la boca y él se quedó quieto.

—Dile al italiano que su novio y yo le esperamos en la entrada a la Torre de los siete jorobados —le dije a la vedette.

«El Pichón» pesaba como un pajarito. Lo cargué al hombro, como un fardo, y me alejé de allí marcha atrás, sin dejar de apuntar ni un instante al cochero hasta que doblé la primera esquina y pude acelerar el paso.

El caso de la Torre de los siete jorobados había cobrado notoriedad un par de años antes. En el subsuelo de Madrid existe una antigua ciudad secreta. Allí, se dice, se ocultaban los judíos que trataron de evitar la expulsión de España en tiempos de los Reyes Católicos. Hará cosa de una década, acaso algo más, un grupo de jorobados se instalaron en esas ruinas, y desde allí iniciaron un lucrativo negocio de falsificación de moneda. Cuando los descubrieron, el líder de la banda, un tal Sabatino, voló el acceso a la ciudad, localizado en una casa vieja de la plaza de la Morería.

Estaba seguro de que Artico recordaría la historia, pero tardaría lo suficiente en encontrar la casa para darme tiempo a «trabajarme» un poco al «Pichón». El inmueble estaba abandonado y olía a meados, supongo que por ser refugio habitual de mendigos y maleantes. Quedaba algún mueble: senté al torero en una silla apolillada y, con los restos de unas cortinas, improvisé unas ataduras. Le desperté con un par de hostias y empecé el interrogatorio.

—Espabila, «Pichón», no tenemos todo el día —le dije.

El torero estaba aturdido, y no acababa de entender qué hacía allí. Le abofeteé de nuevo.

—Mírame: si hablas será todo más fácil. Si no, te daré de hostias hasta que no te reconozca ni la madre que te parió. ¿Entendido?

Estaba aterrorizado. Asintió, ojiplático, y me pregunté qué quería.

—*El domingo estuviste en el Teatro de Parish, viendo* Curro Vargas.

Asintió.

—*¿Quién iba contigo?*

—*Augusta.*

—*¿Quién más?*

—*Nadie, sólo yo y Augusta.*

Le solté un derechazo. Gimió de dolor y el horror embargó sus ojos.

—*Esto será más fácil si me dices la verdad, «Pichón». ¿No estaba tu novio italiano en el Parish? O quizás esperándote fuera...*

El gesto de terror del torero mudó en sorpresa.

—*¿Cómo sabe usted...?*

No le dejé terminar la frase. Le metí un directo en el estómago que le privó de respiración durante unos segundos. Dejé que recuperase.

—*Estaba por allí, ¿verdad? Te estaba esperando para ir juntos a retozar al picadero que tienes en la calle de Toledo. Pero antes aprovechó la tarde para liquidar a un Almirante.*

«El Pichón» se dio cuenta de hacia dónde iba la conversación y comenzó a gimotear.

—No, no, no, no, no... —repetía, entre sollo-
zos.

Le di dos puñetazos, izquierda derecha, y la
sangre comenzó a brotar de un labio reventado.
Escupió una muela.

—No me toques los huevos, «Pichón». Dime lo
que quiero saber o te mato a hostias.

—Mario no estaba allí, ¡no estaba allí! Estábamos solos Augusta y yo. A Mario lo vi después
en la casa, como siempre. Augusta lo sabe, no le
importa. A ella le gustan las mujeres, a los dos nos
beneficia que nos crean comprometidos.

Esta última revelación me sorprendió. No
pensaba que la Berges tuviese esos gustos, pero en
realidad todo cuadraba.

—¿Cuánto lleváis tú y el **caneloni** con estos
juegos de sábanas?

—Nos conocimos hace ocho meses —respondió—. Pero no son juegos: nos queremos.

Me reí, no pude evitarlo. Pensé que el italiano había embelesado al torero hasta el punto de
que el pobre «Pichón» creía que había algo más
que puro vicio entre ellos. Artico no parecía un tipo
sentimental, precisamente.

—¡Es cierto, nos queremos! —protestó.

Le di otro derechazo y un segundo diente salió
volando de su boca.

—El asesino y el torero, menuda parejita. Y
supongo que a tu novio le gusta ir a verte a la plaza, con traje de luces y capote. ¿Le pone cachondo
verte ensartar a un toro?

Le golpeé de nuevo. La sangre que manaba
de su boca comenzó a aguarse con las lágrimas que
fluían desde sus ojos.

—Le gusta eso, ¿verdad? Verte en la plaza,
haciéndote el machito con los toros. Y luego pasear
con tu novia de palo por Madrid, como el otro día
en el Café de La Marina. Seguro que estaba esa
noche en el teatro, viéndote con la Berges en el
palco. Igual hasta te esperó en los lavabos para un
polvo rápido en el entreacto. ¿Fue así?

—¡No!

Me cebé con él. Empecé a pegarle sin parar,
gritándole que confesase pero sin darle opción siquiera a hablar. Estaba volcando en él toda la
rabia por el ataque al «Negro».

Paré a tiempo de escuchar crujir la puerta
al abrirse. Me volví y vi entrar, cauteloso, a
Mario Artico. Al ver el panorama palideció, y
una furia evidente comenzó a arder en sus ojos.

Había algo más de diez metros entre nosotros y justo en medio, tirados encima de una mesa, estaban mi abrigo y mi pistola, enfundada en la cartuchera. «¡Mierda!», pensé, aunque en el cinturón aún llevaba el puñal. Lo saqué con rapidez y me puse detrás del «Pichón», pegando la punta a su cuello.

—Tranquilo **caneloni**, no te muevas o le hago una sonrisa nueva a tu noviete.

Artico estaba iracundo, pero también aprecié algo diferente en sus ojos. Vi que tenía miedo de lo que pudiese pasarle al «Pichón».

—Federico, tranquilo, pronto saldremos de aquí. Te lo prometo —le dijo.

El italiano sacó lentamente su espada, invitándome a un duelo a la antigua usanza. Calibré mis opciones. Mi espada estaba cerca, apoyada junto a la pared. La cogí sin apartar el puñal del cuello del torero y la extraje de la funda. Miré a mi adversario, con esos brazos largos y ágiles, con ese andar felino. Recordé el revolcón en el cementerio, cómo me había reducido en un pispás. También pensé en el «Negro», en esas dos puñaladas traicioneras. El estado del torero había puesto furioso a Artico, pero aún mantenía el control. Si

quería tener una opción de ensartar al **caneloni**
debía enfurecerle aún más.

Miré al torero y, por un instante, me sentí
como una mierda. Pensé en Luis y Manolo, mis
camaradas en Cuba, y la dignidad con la que habían luchado aquel aciago día en el que Maine
vomitó plomo sobre la bahía de La Habana. Pero
en esas circunstancias ya no podía retroceder, tenía
que lanzar un órdago. Así que levanté el puñal y
lo clavé en la pierna del «Pichón», justo encima
de la rodilla, atravesándola de lado a lado.

El torero dio un alarido antes de desmayarse.
El grito del italiano no fue menor, y vi cómo comenzaba a temblarle la mandíbula. Ahora sí que
estaba perdiendo el control.

—Pues para ser torero, tiene muy poca tolerancia al dolor —le provoqué.

—Hideputa, te voy a destripar por esto —replicó Artico, con esa voz aguda, serpentina.

El italiano se lanzó a por mí con furia. Desvié
su primera estocada, también la segunda, y logré
zafarme cuando intentó embestirme con su hombro
derecho después del segundo desvío. Le tenía más o
menos controlado, pero era muy hábil. Si aflojaba,
me ensartaría como un pollo.

—Una herida fea, la del «Pichón». Dudo que vuelvas a verle en traje de luces.

La nueva provocación surtió efecto y Artico se precipitó. Se lanzó a fondo, tratando de atravesarme, y dejó descubierto el flanco derecho. No desaproveché la ventaja y le di un tajo profundo. La sangre comenzó a brotar y Artico dio dos pasos atrás.

Vi la opción de tomar la iniciativa por vez primera en el combate, y ataqué. Artico tenía dificultades para protegerse de mis estocadas, se notaba que le dolía la herida, pero eso no lo hacía menos peligroso. Durante media docena de lances parecía que lo iba a ensartar, pero no calibré bien el peligro y me vine arriba. Lancé un tajo a destiempo y no desaprovechó el regalo. Se abalanzó contra mí de costado, desequilibrándome. Caí contra la jodida mesa y la espada salió disparada de mi mano. «Es el fin», pensé, cuando mi cuerpo estallaba contra el suelo. En un suspiro, Artico se había colocado sobre mí y se disponía a darme el golpe de gracia.

—¡Mario, déjalo! —gritó alguien, desde la puerta.

El italiano se refrenó. Alcé la cabeza y vi a Prim en su silla con ruedas, que empujaba Hurtado. Se ve que no había encontrado a «Herrerita», el muy cabrón.

—No me joda, general. ¡ Mire lo que le ha hecho a Federico ! —replicó el italiano.

—Tú lo provocaste al mandar a su compañero al hospital —respondió Hurtado—. Déjalo vivir, aún le necesitamos.

Artico enfundó su espada de mala gana, y fue a desatar al «Pichón», que seguía inconsciente. Antes, le extrajo el puñal de la pierna con extremo cuidado y usó su cinturón para hacerle un torniquete a su pierna. Se percibía el cariño con el que trataba al torero.

—Ramírez, se le advirtió que no fuese tras Mario Artico. ¿Por qué cojones no le hizo caso a Hurtado? —inquirió Prim.

—«El Pichón» estuvo en el Teatro de Parish el día que mataron a Prim. Pensamos que el caneloni estaba por allí esperando a su noviete y se encontró a Peral desprotegido.

Prim me miró fijamente, calibrando la información.

—Artico no estaba esa noche en el teatro. Estaba protegiendo al embajador de Italia, que andaba de fulanas por el parque del Retiro.

Caí en la cuenta. Mario Artico era un agente doble, le pasaba información a Prim. Por eso yo seguía respirando. Todo aquello era un estúpido malentendido. El «Negro» había acabado en el hospital y «El Pichón» iba de camino por un juego idiota entre espías. Porque el cabrón de Prim me tenía siguiendo sombras para justificar una guerra en lugar de permitirme buscar al auténtico asesino.

—La culpa es suya, joder —le escupí—. Me tiene haciendo el imbécil, buscando a un puto agente extranjero, en vez de permitirme investigar el DECIMVS. Ahí está el auténtico asesino.

—¡No me toque los cojones, Ramírez! —replicó el general—. No hay nada que buscar en el DECIMVS, esto es obra de un espía y punto. Si se limitase a seguir mis órdenes ya habría encontrado al asesino.

—El polizonte tiene razón.

Quién había dicho esta última frase, interrumpiendo a Prim, no era otro que Mario Artico. Los tres, también Hurtado, nos quedamos mirando al italiano, asombrados por su intervención.

—Explíquese, Artico —ordenó Prim.

—Están todos acojonados, nadie sabe quién lo hizo y todos temen la represalia española. Ayer

hubo una reunión en un reservado de Lhardy.
Asistieron los embajadores de Italia, Francia,
Alemania, Reino Unido, Austria y los Estados
Unidos. Ninguno de ellos tuvo nada que ver, así
lo aseguraron allí, y parece creíble. Cada embaja-
da ha iniciado una investigación por su cuenta y
todas apuntan a un ataque de alguien de dentro
del Departamento.

Tras decir ésto, Artico cogió en brazos al «Pi-
chón» y se dispuso a salir de la casa.

—El torero recibió una cornada entrenando.
Que se ciña a esa versión, recibirá una jugosa
pensión durante su convalecencia —le dijo Prim,
antes de que abandonase el lugar—. ¿Lo ha en-
tendido?

Artico asintió con la cabeza y se fue. Nos que-
damos solos Hurtado, Prim y yo. El general pare-
cía estar cavilando qué hacer conmigo.

—Entonces Artico es agente doble —dije, para
romper el hielo.

—Doble, triple... quién carajo sabe. Pero sí le
diré una cosa: es un cabrón muy útil. Y lo mismo
esperaba de usted, aunque no sé si me habré equi-
vocado —replicó Prim—. Este numerito ha sido
arriesgado, por no decir que ese rapaz quizás no

vuelva a torear, lo que sería una lástima. Podría haber sido un nuevo «Lagartijo». Al menos hemos podido sacar una ventaja con todo esto. No imaginábamos que la intimidad de Artico con el torero había alcanzado estos niveles. Sin duda es un punto débil que podremos explotar llegado el caso.

Hurtado, de pie tras Prim, asintió, como tomando nota de lo que su jefe acababa de exponer. El general, por su parte, ya estaba con otra cosa.

—Un asesino en el DECIMVS... joder, no sé cómo va usted a manejar ésto, Ramírez, pero estoy deseando verlo. Le doy dos días, es el plazo que tiene para hacer un arresto.

Traté de protestar.

—Necesito más tiempo. No me van a poner las cosas fáciles allí dentro.

—No hay más tiempo —replicó Prim—. Esta partida no se juega en una única mesa, ni se trata sólo de cazar a un asesino. Esto no es una mano de mus, en la que sólo tiene que mirar sus cartas y atender a las señas de los otros jugadores: esto es ajedrez. Hay otras piezas en movimiento, otros flancos a los que debo atender. Pero necesito cerrar ya este asunto y tener a un sospechoso. Y tiene que estar encerrado de aquí a dos días.

Yo seguía tendido en el suelo. Prim se agachó en la silla, tratando de alinear su rostro con el mío.

—Vaya a saco. Lleve a los agentes que necesite y ponga aquello patas arriba, si es preciso. Hurtado irá con usted, tendrá acceso franco a todo el Departamento, y ni siquiera el idiota de Primo de Rivera osará oponérsele. Haga lo que tenga que hacer pero encuentre a ese asesino y deténgalo.

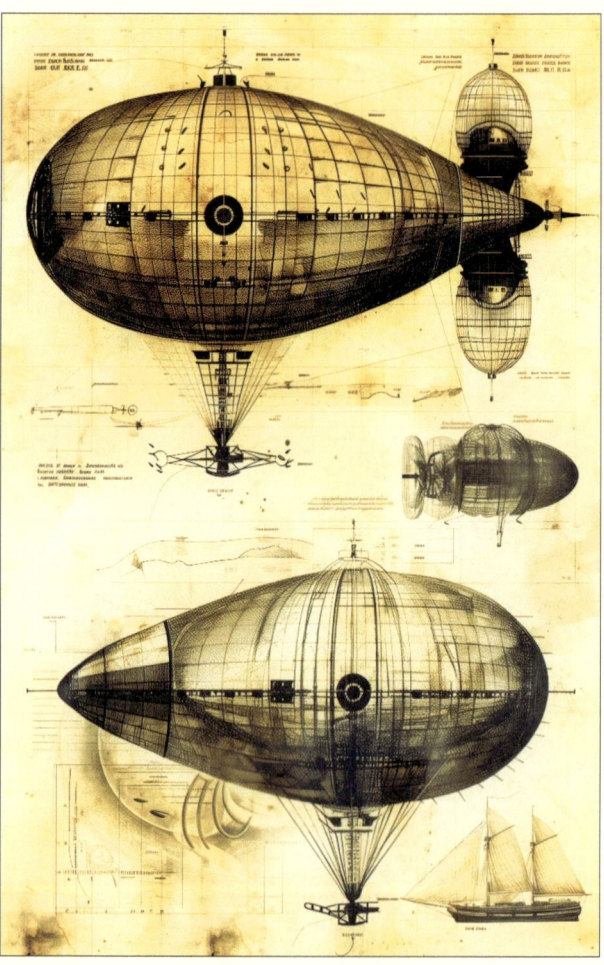

ℜEVISTA 𝕴LUSTRADA

DE

BANCA, FERROCARRILES, INDUSTRIA Y SEGUROS

ELECTRICIDAD, COMERCIO, OBRAS PÚBLICAS, METALURGIA, NAVEGACIÓN,
AGRICULTURA, ADUANAS, MINAS Y TRANVÍAS

Madrid, 25 de diciembre de 1898

Director: V. RANKIN DÍAZ

Necrológica de D. Isaac Peral

Un brutal crimen nos arrebató, el pasado 18 de diciembre, al Almirante D. Isaac Peral y Caballero, destacado militar y el más insigne inventor que ha dado el país. Una pérdida irreparable para la industria nacional y, especialmente, para nuestra fuerza militar, que gracias a los ingenios de Peral se ha impuesto a todas las potencias extranjeras que, en el último lustro, han osado discutir la primacía española en todo el globo.

Tras servir de manera distinguida en la Guerra de Cuba y en tierras de Navarra durante la Tercera Guerra Carlista, Peral orientó su carrera a la ciencia y obtuvo, en 1883, la cátedra de Física Matemática de la Escuela de Ampliación de Estudios de la Armada. Desde ese puesto, el entonces Teniente de Navío comenzó a perfeccionar sus ingenios, que presentó al rey Amadeo y a sus más estrechos colaboradores tras la capitulación en la crisis de Las Carolinas, en 1885.

Amparado por el general Prim, Peral gozó en los años siguientes de una gran libertad de acción para desarrollar sus ingenios, fundando en 1891 el Departamento Español de la Ciencia y la Investigación Marina, Volátil y Submarina, más conocido por sus siglas DECIMVS, para el que reclutó a los principales ingenieros é inventores del país, y desde el cual ideó los más increíbles artilugios que ha dado la ciencia.

El mundo tardaría aún varios años en saber de los progresos alcanzados por la ciencia nacional. Fue en 1895, cuando una milicia local secretamente armada por los norteamericanos se levantó contra los puestos españoles en Cuba, que se dio a conocer la fuerza real de nuestra gloriosa Armada. Con un ataque relámpago, lanzado el 11 de marzo y que duró solamente seis días, dos únicas escuadras de submarinos diseñados por Peral se bastaron para terminar con la resistencia cubana y para hundir toda la flota norteamericana que, anclada en La Florida, esperaba una muestra de debilidad por parte de las tropas españolas para conquistar Cuba. Tal demostración de fuerza conmocionó al mundo entero y alertó al resto de naciones de que provocar a la fiera España tiene consecuencias. Ascendido a Almirante tras la aplastante victoria en Cuba, D. Isaac Peral y su equipo perfeccionaron en los años siguientes su modelo de submarino y diseñaron, entre otros muchos ingenios, el fusil de gas Peral, arma principal de nuestro ejército.

Además, en los dos últimos años comenzó Peral la conquista del aire, diseñando primero un planeador capaz de volar hasta cien metros en línea recta, y después el prometedor aerostático dirigible Peral, un proyecto con el que el Almirante esperaba dar a España la primacía de los cielos, como ya le dio la del mundo submarino.

Los ingenios del Almirante Peral, en todo caso, no se limitaron exclusivamente al ámbito militar, y pronto encontraron usos civiles. Una versión recortada del fusil de gas se ha popularizado entre los aficionados a la caza, y el reloj sumergible Peral, un diseño destinado en origen para los ocupantes del submarino, es la pieza de moda más codiciada por los chulapos de Madrid.

Estos inventos son el legado que el Almirante Peral ha dejado a todos los españoles tras su prematura muerte, como también lo es la recuperación de una preeminencia militar que ha permitido a la nación retener sus colonias en el Caribe, domeñar a los rebeldes tagalos en Filipinas y plantar cara a ingleses y franceses en el Mediterráneo, reintegrando al territorio nacional el peñón de Gibraltar e iniciando la contienda para reclamar la soberanía de Nápoles, cuyo dominio correspondió históricamente al rey de las Españas.

diario personal de

Diego Ramírez de Arrascaeta

26 de diciembre de 1898

Hemos arrestado al asesino de Peral. Ha sido algo... inesperado. No sé si esta resolución satisfará a Prim, pero al menos se hará justicia. Voy a intentar contarlo todo de forma ordenada.

Como me pidió el general, fuimos a saco. Habíamos pasado el día de Navidad preparando el operativo y todo parecía bastante claro, pero no pude evitar que un escalofrío me recorriese la columna cuando estaba a las puertas del palacio de Fernán Núñez, que era desde su fundación siete años atrás la sede del Departamento. La antigua residencia de Pepe Alcañices, el lugar donde se daban las fiestas más exclusivas de todo Madrid, era ahora el centro neurálgico de toda la industria militar española, y también el mayor almacén de

*secretos de todo el país. Íbamos a asaltar los cielos,
y no estaba claro que fuésemos a sacar algo de allí.*

*Traté de aparentar una convicción que no
tenía para dar confianza a la docena de agentes
que me acompañaban en la aventura. Tenía, al
menos, la baza de Hurtado, cuya presencia ga-
rantizaba el respaldo de Prim a la operación. Me
aferré a eso con fuerza, y le invité a entrar junto
a mí al edificio, encabezando ambos el despliegue.*

*El servicio de seguridad del Departamento nos
dio el alto nada más cruzar las puertas. Se inició una discusión en pleno vestíbulo, que Hurtado
cortó tirando de galones y exigiendo ver al director.
Había cierta confusión, pero cuando les dijo que
era el secretario personal del general Prim todos se
amilanaron. Aún ahora, el tullido infunde respeto.*

*Nos llevaron, sólo a Hurtado y a mí, al des-
pacho de Primo de Rivera. En la puerta aún figu-
raba la placa que identificaba aquella sala como
el sanctasanctorum de Isaac Peral. Se ve que, con
las fiestas, no han tenido tiempo de adaptarlo a su
nuevo inquilino.*

*Al interior nos esperaba una marabunta de
papeles, carpetas, planos y expedientes que tenían*

pinta de contener los mayores secretos del Reino. En medio, poseída de un extraño frenesí, sin duda tratando de ponerse al día de todos los proyectos en los que Peral andaba metido, relucía la calva de Primo de Rivera. Al oír la puerta alzó la cabeza, confrontándonos con su bigotazo. Me fijé que llevaba puesta la misma guerrera que en el funeral, adornada con un sinfín de medallas. Supongo que era la manera de justificar que le hubiesen puesto allí.

—¿Qué carajo pasa aquí?—nos espetó, sin demasiada ceremonia.

—Venimos a investigar el asesinato del almirante Peral —respondí, precipitadamente.

Primo de Rivera me miró extrañado, como si no acabase de creerse que había osado alzar la voz en su presencia.

—¿Quién coño es este tipo, Hurtado?

—Es el agente Diego Ramírez, está al mando de la investigación. El general Prim en persona le ha dado permiso para registrar las instalaciones del DECIMVS, ya que hay fuertes indicios de que el culpable puede ser un empleado.

Las mejillas y la calva de Primo de Rivera se pusieron rojas de golpe, síntoma del cabreo que comenzaba a embargarle.

—*Esto es cosa del hideputa de Prim, ¿verdad? Puto tullido, tenían que haberle dejado seco en el callejón del Turco.*

—*Serénese, don Fernando.*

—*¡Ni don Fernando ni hostias! El cabrón de tu jefe no podía consentir que Díaz Moreu nombrase al director del DECIMVS. ¡A mí no me engañas, esto es una caza de brujas!*

—*¡Don Fernando!* —le interrumpió Hurtado, orillando su habitual compostura—. *Tranquilícese. No hay ninguna caza de brujas: hay fuertes indicios de que se ha usado material procedente del Departamento para asesinar a Peral, y nadie fuera de este edificio parecía saber que iba al Teatro de Parish la noche del crimen. Es una investigación legítima.*

El flamante director del DECIMVS recuperó la compostura tras las explicaciones de Hurtado.

—*¡Beatriz!* —bramó.

Al instante entró una joven al despacho. Era la misma chica rubia y menuda que había visto en el funeral de Peral, la que Hurtado había identificado como secretaria y amante del difunto. Parecía discreta y sin duda era bonita, con un rostro armónico presidido por dos luceros verdes. No me extraña que el Almirante se hubiese sentido atraído por ella.

—Estos son Ginés de Hurtado, el secretario personal del general Prim, y el agente...

—De Arrascaeta —me adelanté, antes de que Hurtado tirase de mi primer apellido.

—Lo que sea —corrigió un azorado Primo de Rivera—. Ellos y los agentes bajo su mando tienen paso franco en todas las instalaciones. Asegúrese de que hay una colaboración plena.

Con las mismas dejamos el despacho del director, escoltados por su secretaria, y nos reunimos con el resto en el vestíbulo. Repartí a los hombres para registrar todas las secciones del DECIMVS, pero yo tenía claro cuál era el objetivo principal: la sección de Explosivos y armas experimentales. De allí tenía que haber salido la extraña munición con la que mataron a Peral.

Beatriz Casal nos guio a Hurtado y a mí hasta el despacho de José Casares Gil, uno de los tres subdirectores del DECIMVS y responsable de la sección. Era un tipo joven, treintañero, con el pelo en retirada y un fuerte acento gallego. Me cayó bien.

Al principio desechó la idea de que se hubiese podido emplear munición del DECIMVS en el asesinato. «Hay demasiado control, nada sale ni entra sin que lo sepamos», aseguró. Pero cuando le enseñé los extraños proyectiles recuperados del cuerpo de Peral, se puso lívido.

—¡Joder, joder, joder, joder joder! —exclamó Casares—. ¡No puede ser!

—Entiendo que los ha reconocido —repliqué.

Casares tragó saliva y asintió, con la vista fija en aquellas balas.

—Es en efecto un ingenio nuestro. Es una munición experimental, una evolución de las balas dum-dum, con un revestimiento de plomo y corazón de acero, que es justo esto que vemos. Cuando impacta con el objetivo se comporta como una bala de punta hueca, con el plomo expandiéndose y ampliando el radio del daño, pero esta pieza central continúa su avance. Es letal.

Hurtado me hizo un gesto de complicidad: habíamos dado en el clavo.

—Dice que tienen mucho control sobre sus materiales —inquirí—, ¿dónde los guardan?

Casares nos guió hasta el depósito, donde se custodiaban los ingenios más avanzados que se desarrollaban en su sección. El control del acceso estaba al cargo de un jovenzuelo que no parecía estar en condiciones de vigilar ni una jarra de cerveza en una botillería del centro.

—Serafín, ¿hemos echado en falta alguna pieza de munición XT-303?

El imberbe hizo una mueca ante la pregunta de su jefe.

—Sí, señor. Algún idiota se llevó una pistola de gas, de tercera generación, y varios cartuchos para una prueba y se olvidó de registrar el informe.

No acababa de entender qué quería decir aquel rapaz.

—Tenemos cada bala contabilizada —explicó Casares—. Cuando se hacen pruebas de balística se solicita un permiso datando el test. Después se emite un informe con los resultados, y se devuelven los casquillos.

—Exacto —añadió el joven—. En este caso faltan tanto la solicitud como el informe, pero se han devuelto la pistola, el resto del cargador y los casquillos de los proyectiles utilizados —Serafín miró unos instantes su registro—. Cuatro balas, en este caso.

—¿En qué fecha se sacaron esos ingenios? —pregunté.

Serafín volvió a revisar el registro.

—En la última revisión del viernes 16, a las tres de la tarde, estaba todo en orden. Notamos la ausencia de la pistola de gas y de un cartucho con siete balas XT-303 el lunes siguiente, día 19, en la revisión de las ocho de la mañana —Serafín miró al subdirector en este punto—. Ese día tuvimos que adelantar una hora la revisión de los almacenes porque a las nueve citaron a todos los jefes de sección, por la muerte del Almirante. Al día siguiente, en el registro, ya estaban de vuelta tanto la pistola como los casquillos y las balas que no se habían empleado del test. Pero no se registró el informe.

El escenario empezaba a aclararse, sentí que estábamos cerca de dar con el asesino.

—¿Puede decirme quién accedió al depósito entre ese viernes, después de las tres de la tarde, y el martes? Serían dos accesos, uno el viernes y otro el lunes o el martes.

—Eso es fácil, no pasa mucha gente por aquí. De hecho, sólo una persona accedió dos veces al depósito esos días.

Oí un golpe a mi espalda. Me giré raudo para encontrarme a la secretaria del director, la señorita Casal, desmayada en el suelo. Antes de que

Hurtado y yo pudiésemos socorrerla, Serafín había dictado sentencia:

—Ella entró al depósito esos dos días.

Cuando la joven recuperó la consciencia, el panorama debió resultarle desolador. Estábamos en un cuarto sin ventanas, en las tripas del DE-CIMVS. Una enfermera la atendía de su desmayo, mientras Hurtado y yo esperábamos para interrogarla. Por supuesto, llevaba grilletes.

—Señorita Casal, este sería un buen momento para explicarnos cuál es su papel en todo este asunto —pregunté, haciendo gala de toda la delicadeza de la que fui capaz.

—No lo sé —respondió ella—. Yo estuve en el depósito el viernes, pero sólo fui a recoger unos engranajes que había requerido el Almirante para unas pruebas. Y el lunes por la mañana volví para dejar los informes que el Almirante había completado el fin de semana. Como hacía todos los lunes.

—¿No cogió la pistola de gas y la munición?

—¡No! ¿Para qué iba yo a cogerlos?

—Usted se acostaba con el Almirante...

La joven se quedó pálida, mirándome con los ojos muy abiertos. Estaba a todas luces aterrada.

—...*quizás ya no quería seguir en esa relación y optó por cortar por lo sano.*

—¡No! O sea, sí que quería dejar de ver al Almirante, pero no me atrevía. No era capaz de hacer nada. Me sentía atrapada.

—¿Cómo que atrapada?

—Era un hombre violento. Me amenazaba con despedirme, con acabar con mi reputación, o incluso con cosas peores. Tenía que verle todas las semanas, dos veces al menos, en un piso que tenía alquilado en la calle de Bordadores. Si por alguna razón no acudía iba a mi casa de madrugada, y se ponía muy agresivo. No sabía cómo salir de esa situación.

—El asesinato suele ser una salida...

—¡No! Yo no maté al Almirante. No podría hacer eso.

—Usted es la única persona que figura en los registros, ¿acaso había alguien más en el depósito aquellos días?

Beatriz Casal se quedó callada de pronto. Sin duda había recordado algo.

—No puede ser... —balbuceó.

Una algarabía procedente del exterior nos interrumpió. Abrimos la puerta y vimos a un joven,

*fuera de sí, reducido a duras penas por dos agen-
tes. Me costó reconocerlo, pero era Pier Cardona,
el tipo que acompañaba a Beatriz Casal en el funeral del Almirante Peral.*

*—¡Déjenla, déjenla, no tiene nada que ver
—gritaba—. ¡Yo maté a Isaac Peral!*

EL RELOJ DEL GENIO
DE NUESTROS TIEMPOS
Un lujo solo para auténticos patriotas

Confesión de Pier Cardona al agente Diego Ramírez de Arrascaeta

Tomada en Madrid, a 27 de diciembre de 1898

*Versión censurada por el Servicio de Espionaje,
Inteligencia y Seguridad y remitida
a los diarios de todo el país por orden directa
del general D. Juan Prim y Prats*

———

—Diga por favor su nombre y apellidos.

—Pier Cardona.

—¿Nacimiento?

—Bari, 15 de abril de 1867.

—¿Sus padres son italianos?

—Mi madre, Helena di Gennaro, era italiana, y mi padre, René Cardona, un ingeniero francés que dirigía una delegación comercial allí. Los dos han muerto.

—¿Cómo y cuándo llega usted a España? Veo que habla muy bien español.

—A mi padre le destinaron a Córdoba cuando yo tenía doce años. Prácticamente me crie aquí, y desde entonces he vivido siempre en el país.

—Nuestros registros dicen otra cosa: entre 1891 y 1893 residió en Roma.

—Bueno, sí, salvo esos dos años. Residí en Roma de manera intermitente, con una beca de la Pontificia Academia de las Ciencias.

—**¿Contactó con usted, durante su estancia en Roma, algún agente, italiano o extranjero, que le conminase a conspirar contra el Reino de España o sus legítimos intereses, en territorio nacional o en el extranjero?**

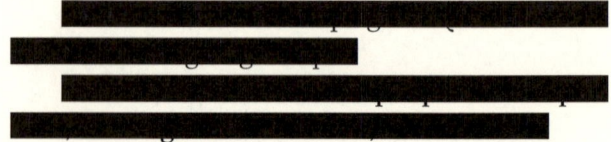

—Bueno, hablé y me relacioné con gente que no le tenía aprecio precisamente a España, si es eso a lo que se refiere.

—**Explíquese.**

—En Italia hay, de unos años para acá, un fuerte sentimiento antiespañol. Consideran que Amadeo tiene ambiciones expansionistas y quiere conquistar Italia. En ese contexto, sí, trabé contacto con gente que planteaba, █████████████████████ ████████████ la necesidad de impedir o al menos dificultar la política expansionista de España.

—¿Le propusieron implicarse en esas actividades?

—███
███████████████—sí, me propusieron unirme a un colectivo denominado Custodi delle Essenze Garibaldine, un grupo con pretensiones subversivas. ████
██
██
██
██████████████████████████

—¿Participó usted en alguna de las reuniones de ese grupo subversivo?

—Sí, estuve en varias. ███████████████████████
██
██
████████

—¿Quiénes eran los cabecillas y quién le introdujo a usted en ese círculo?

██
██
██████████████████████████████████
██
██
██
██

██

████████████████████████████████████

██████ Mi introductor fue un profesor de la Pontifica Academia, Gennaro Riva. El cabecilla, o al menos la persona que despertaba mayor respeto entre todos ellos, era Paolo Corbucci, veterano de la guerra del 59 que perdió un ojo y una pierna combatiendo junto a Garibaldi en Como. Y luego estaba Antonio Margheritti, que era el motor en la sombra de aquel grupo. Hacía un poco de todo, desde reservar la sala hasta dar el beneplácito a la entrada de nuevos miembros. Nunca tuve muy clara su ocupación profesional más allá de los Custodi, se diría que vivía exclusivamente de la organización de aquellas reuniones.

—¿Mantuvo el contacto con el grupo tras su retorno a España?

—████████████████ Al poco de llegar a Madrid, Margheritti contactó conmigo.

—¿Qué quería?

—Sabía que había entrado a trabajar en el DECIMVS, y que estaba a las órdenes directas de Peral. ████████████████████████████████ Tenía mucho interés en contactar con el Almirante, pero yo recién acababa de ingresar en el Departamento, no tenía esa confianza. ██████████████ le organicé una reunión con uno de los subalternos de Peral.

—¿Quién se reunió con Margheritti?

—Juan Montilla.

—¿El actual director del SEIS?

—El mismo. Entonces era jefe de sección en el DECIMVS. Acompañé a Margheritti hasta su despacho en el departamento, aunque no asistí a la reunión. Me consta que tuvieron al menos otra reunión, en la Botillería de Canosa. ████████████
██████

—¿Cómo entró usted a trabajar con Peral?

—Aquel profesor de la Pontificia Academia, Gennaro Riva, me escribió una carta de recomendación cuando terminé la beca. Se la entregué a Fernando Primo de Rivera, que entonces dirigía el SEIS.

—El sustituto de Peral al frente del DECIMVS.

—Sí. Había sido becario en Roma varios años antes, y había coincidido como estudiante con Riva. Eran muy amigos y mantenían cierto contacto, por lo que me dieron a entender. Primo de Rivera me dijo que mi perfil se ajustaba mejor a las actividades del DECIMVS y logró que me incorporasen, como diseñador.

—¿Se entrevistó con alguien del DECIMVS antes de comenzar a trabajar?

—No, Primo de Rivera lo acordó todo con el Departamento, y comencé a trabajar con ellos, en un equipo que dependía directamente del Almirante.

—**Eso fue en enero de 1894.**

—Sí, justo después de Reyes.

—**¿Y las reuniones entre Montilla y Margheritti?**

—La primera en el mes de abril, la otra a mediados de mayo. No recuerdo exactamente los días.

—**¿Cuál era su cometido en el DECIMVS?**

—Básicamente me empleaban por mis dotes como diseñador. Trabajaba mano a mano con los ingenieros, buscando soluciones para aspectos concretos de sus ingenios portátiles.

—**¿En qué proyectos colaboró?**

—En varios. En aquellos meses estaban desarrollando el primer modelo del fusil de gas. Yo perfeccioné la culata, para hacerla más cómoda para el tirador, y una correa de cuero con enganches en el propio fusil para que la pudiesen transportar al hombro. Después, cuando se desarrolló la pistola de gas, trabajé en la empuñadura, buscando un agarre cómodo y firme para minimizar el retroceso y evitar que el tirador se pudiese lastimar.

—**Por lo que me dice, tenía acceso a planos secretos de esos ingenios.**

—Sí, claro. Tenía que conocer las especificaciones concretas de esas armas para poder realizar bien mi trabajo.

—¿Sacó en algún momento aquellos planos de la sede del Departamento?

—No, no podría ni aunque quisiera. Las medidas de control son muy estrictas. Pero sí que me llevé mis notas.

—**Hábleme de Beatriz Casal.**

—¿Qué pasa con ella?

—**Simplemente explíqueme cuándo se conocieron y cuál es la naturaleza de su relación.**

—Era la secretaria personal de Peral, hacía pocas semanas que la habían nombrado cuando yo entré a trabajar en el Departamento. Estaba en todas las reuniones, y era la persona con la que tratábamos habitualmente cuando había que solicitar audiencia con el Almirante, plantearle alguna duda, mostrarle algún diseño…

—¿Se hicieron amigos?

—Sí, muy amigos.

—¿Está enamorado de ella?

███

████████████████

—Sí, sí que lo estoy.

████████████████████████████

███████████████████████████

██████████████████████████

██████████████████████████

████

████████████████████████████

█████████████████████████████

███████████████████████████

██████████████████████████

████████████████████████████

███████████████████████████

██████████████████████████

████

[redacted]

—Fue su cómplice, ¿verdad? Ella le franqueó la entrada al almacén, le dio la pistola de gas y la munición experimental. Ella le alentó.

[redacted] Íbamos hablando y la acompañé a buscar unos engranajes que requería Peral. Cuando se internó en el depósito yo me quedé cerca de la entrada. Allí estaba la munición y algunos prototipos con los que había trabajado cuando diseñé la empuñadura de la pistola. No lo pensé: simplemente cogí un arma, también algunas balas, y me lo guardé todo en la chaqueta [redacted]

—¿Y cómo pudo devolver la pistola al depósito?

—Peral trabajaba los fines de semana y era muy puntilloso con los informes, le gustaba documentar todo lo que hacía. Sabía que todos los lunes, antes de la hora del registro, Beatriz tenía que depositar los informes del fin de semana. La idea era aprovechar ese momento para devolver la pistola, los casquillos y los cartuchos sobrantes. Nadie se hubiera percatado si había cuatro casquillos en lugar de cuatro balas, se asociaría a un error al contabilizarlas.

—Pero aquel día adelantaron el registro por su crimen, y la desaparición del arma quedó al descubierto.

—No me percaté de ello hasta que detuvieron a Beatriz. ███████████████████████████████

—¿Cómo sabía dónde encontrar a Peral?

—El Almirante era abonado del teatro, del turno impar. En el Departamento lo sabíamos todos, o casi.

██

██

███████████████████████████████ —Era un gran aficionado a la zarzuela, no se perdía una pasase lo que pasase.

—¿Fue a la función o le esperó fuera?

—Estaba en la calle de San Marcos. Sabía dónde vivía, pero dudaba si iba a girar por Colmenares o Libertad, así que esperé en la plaza del Rey para asegurarme. Cuando vi que se dirigía hacia Colmenares me adelanté y le esperé a resguardo.

—Habla sólo de Peral, pero también iba su esposa.

—No pensé que ella fuese a ir con él. ███████

██

██

███████████████

██
██████████████████

██

██

██

██

██

██

██

████████████████████████ Los primeros disparos le
dieron a Peral en el pecho. Al caerse trató de agarrarla y le arrancó el collar. Las perlas caían por el
suelo, las oía golpear el empedrado mientras él se
derrumbaba lentamente. Su mujer comenzó a gritar
y avanzó hacia mí… creo que iba hacia mí. █████
██ sólo quería escapar. █████████████████

██
██████████

—Peral tenía un tiro en la cara.
—Seguía vivo. ██████████████████████

██
████████████████████ Quería arrancarle la sonrisa de la cara.

111

—Madre italiana, padre francés y criado entre Bari y Córdoba… ¿Se siente usted español?

▮▮▮▮▮▮▮▮▮▮▮▮▮▮▮▮▮▮▮▮▮▮▮▮▮▮▮▮▮▮

▮▮▮▮▮▮▮▮▮▮▮▮▮▮▮▮▮▮▮▮▮▮▮▮▮▮▮▮▮▮

▮▮▮▮▮▮▮▮▮▮▮▮▮▮▮▮▮▮▮▮▮▮▮▮▮▮▮▮▮▮

▮▮▮▮▮▮▮▮▮▮▮▮▮▮▮▮▮▮▮▮▮▮▮▮▮ Bari es la tierra de mi infancia, siempre tendrá un lugar especial en mi corazón. ▮▮▮▮▮▮▮▮▮▮

▮▮▮▮▮▮▮▮▮▮▮▮▮▮▮▮▮▮▮▮▮▮▮▮▮▮▮▮▮▮

▮▮▮▮▮▮▮▮▮▮▮▮▮▮▮▮▮▮▮▮▮▮▮▮▮▮▮▮▮▮

▮▮▮▮▮▮▮▮▮▮▮▮▮▮▮▮▮▮▮▮▮▮▮▮▮▮▮▮▮▮

▮▮▮▮▮▮▮▮▮▮▮▮▮▮▮▮▮▮▮▮▮▮▮▮▮▮▮▮▮▮

▮▮▮▮▮▮▮▮▮▮▮▮▮▮▮▮▮▮▮▮▮ ¿Si me siento español? Creo que a estas alturas ya no puedo considerarme español, ▮▮▮▮▮▮▮▮▮▮▮▮▮▮▮▮▮▮▮▮▮

▮▮▮▮▮▮▮▮▮▮▮▮▮▮▮▮▮

EL HERALDO DE MADRID

28 DE DICIEMBRE DE 1898

CONFIESA EL ASESINO DEL ALMIRANTE PERAL:

«QUERÍA ARRANCARLE LA SONRISA DE LA CARA»

Tras su rápida detención en la víspera, el vil agente extranjero Pier Cardona, asesino del Almirante D. Isaac Peral y Caballero, rompió ayer su silencio para confesar las razones por las que cometió su infame crimen. La confesión del criminal, de una brutal crudeza, ha sido remitida a todos los diarios del Reino por orden expresa del Gobierno. «Quería arrancarle la sonrisa de la cara», afirmó Cardona ante el agente que le detuvo, D. Diego Ramírez, a quien también confesó el frío asesinato de la esposa del almirante, doña María del Carmen Cencio, pese a ser consciente de que ella «sólo quería escapar» de aquella fría calle de Colmenares en la que el infame traidor esperó, el pasado 18 de los corrientes, a que D. Isaac Peral saliese del Teatro de Parish, a donde el matrimonio había asistido para disfrutar de una función de *Curro Vargas*.

La motivación del crimen, tal y como se desprende de la confesión que le sacó tras un profundo interrogatorio el agente Ramírez, veterano de la guerra de Cuba, es evidentemente política. Cardona había logrado entrar en el Departamento Español de la Ciencia y la Investigación Marina, Volátil y Submarina (DECIMVS) como agente infiltrado de la organización terrorista Custodi delle Essenze Garibaldine, «un grupo con pretensiones subversivas», tal y como los define el agente italiano. Cardona había comenzado a colaborar con esa organización entre 1891 y 1893, cuando estaba becado por el Reino de España en Roma, para estudiar en la Pontificia Academia de las Ciencias. Aquella fue la primera traición del infame asesino, que no tiene reparos en asegurar que no puede «considerarse español». «Bari es la tierra de mi infancia, siempre tendrá un lugar especial en mi corazón», afirma, sin rubor.

El contacto de Cardona en Madrid era otro miembro destacado de los Custodi: Antonio Margheritti, un siniestro criminal del que el propio asesino confeso asegura que no tiene oficio ni beneficio, más allá de la organización de las actividades subversivas del grupo. El Servicio de Espionaje, Inteligencia y Seguridad (SEIS) ha constatado que Margheritti huyó precipitadamente a Roma el día de Nochebuena, cuando la policía ya empezaba a estrechar el cerco sobre el asesino confeso.

El introductor de Cardona en los Custodi fue Giovanni Riva, profesor de la Pontificia Academia y persona de confianza del cabecilla del grupo: Paolo Corbucci, un veterano de guerra que combatió junto a Garibaldi. Riva, posteriormente, sería también el introductor de Cardona en el DECIMVS, aunque su primer objetivo fue infiltrarlo en el SEIS. Sus gestiones fueron posibles gracias a sus contactos con D. Fernando Primo de Rivera y Sobremonte, entonces director del SEIS y actualmente al frente del DECIMVS, y Juan Montilla y Adán, que era subdirector del Servicio de Espionaje, Inteligencia y Seguridad, y que justo a raíz de la muerte del almirante Peral ha sido promocionado a la dirección del citado organismo en sustitución de Primo de Rivera. Fuentes ministeriales afirman que ambos han sido suspendidos de forma provisional de sus actuales responsabilidades y llamados a declarar ante el Primer Ministro, para que den cuenta de su relación con este grupo subversivo.

La que sí ha sido detenida es doña Beatriz Casal, amante de Cardona y a la que se acusa de complicidad. Secretaria personal del difunto Isaac Peral, la mujer franqueó a su pareja en el crimen la entrada al almacén en el que se guardaban un nuevo modelo de pistola de gas y munición experimental, ingenios de los que se sirvió el traidor para cometer su abominable crimen.

Por este infame asesinato, por esta cruel traición a España y a todo lo que es digno, Pierre Cardona y su vil amante, Beatriz Casal, serán sin duda ejecutados, sin recibir la clemencia que ellos le negaron a su víctima, gloria de la ciencia española.

Confesión íntegra de Pier Cardona al agente Diego Ramírez de Arrascaeta

Tomada en Madrid, a 27 de diciembre de 1898

Transcripción completa del interrogatorio del agente Diego Ramírez de Arrascaeta a Pier Cardona, detenido por el asesinato de Isaac Peral y Caballero

Clasificado como de **ALTO SECRETO**
el 27 de diciembre de 1898.
Desclasificación prevista para el 27 de diciembre de 1948.
Reclasificado por 30 años el 22 de diciembre de 1948.

Dictada orden de destrucción definitiva
del documento el 18 de julio de 1977.

—Diga por favor su nombre y apellidos.

—Pier Cardona.

—¿Nacimiento?

—Bari, 15 de abril de 1867.

—¿Sus padres son italianos?

—Mi madre, Helena di Gennaro, era italiana, y mi padre, René Cardona, un ingeniero francés que dirigía una delegación comercial allí. Los dos han muerto.

—¿Cómo y cuándo llega usted a España? Veo que habla muy bien español.

—A mi padre le destinaron a Córdoba cuando yo tenía doce años. Prácticamente me crie aquí, y desde entonces he vivido siempre en el país.

—**Nuestros registros dicen otra cosa: entre 1891 y 1893 residió en Roma.**

—Bueno, sí, salvo esos dos años. Residí en Roma de manera intermitente, con una beca de la Pontificia Academia de las Ciencias.

—**¿Contactó con usted, durante su estancia en Roma, algún agente, italiano o extranjero, que le conminase a conspirar contra el Reino de España o sus legítimos intereses, en territorio nacional o en el extranjero?**

—No entiendo bien la pregunta. ¿Se refiere a si contactó conmigo algún espía?

—**No necesariamente un espía: pudo ser un profesor, un colega de la Academia, un conocido…**

—Bueno, hablé y me relacioné con gente que no le tenía aprecio precisamente a España, si es eso a lo que se refiere.

—**Explíquese.**

—En Italia hay, de unos años para acá, un fuerte sentimiento antiespañol. Consideran que Amadeo tiene ambiciones expansionistas y quiere conquistar Italia. En ese contexto, sí, trabé contacto con gente que planteaba, pero siempre desde un ámbito puramente teórico, la necesidad de impedir o al menos dificultar la política expansionista de España.

—¿Le propusieron implicarse en esas actividades?

—Insisto en que eran sólo planteamientos teóricos. En ese contexto, sí, me propusieron unirme a un colectivo denominado Custodi delle Essenze Garibaldine, un grupo con pretensiones subversivas. Pero no me consta que, a día de hoy, hayan superado el plano teórico en sus iniciativas: eran sólo unos viejos nostálgicos que quedaban a tomar cerveza y brindar por la memoria de Garibaldi.

—¿Participó usted en alguna de las reuniones de ese grupo subversivo?

—Sí, estuve en varias. Pero ya le digo que no eran terroristas ni nada por el estilo, sólo unos viejos nostálgicos que bebían y contaban batallitas de la Unificación.

—¿Quiénes eran los cabecillas y quién le introdujo a usted en ese círculo?

—Escuche, le digo que no eran más que unos viejos inofensivos. No me sentiría cómodo dando sus nombres en un interrogatorio oficial.

—Su comodidad me da igual. Le recuerdo que está aquí por voluntad propia: o colabora o imputaremos a la señorita Casal por complicidad en el asesinato del Almirante. Deme los nombres de las personas que le introdujeron en ese círculo y de los cabecillas, todos los que recuerde.

—Está bien, colaboraré, pero deje a Beatriz al margen. Mi introductor fue un profesor de la Pontífica Academia, Gennaro Riva. El cabecilla, o al menos la persona que despertaba mayor respeto entre todos ellos, era Paolo Corbucci, veterano de la guerra del 59 que perdió un ojo y una pierna combatiendo junto a Garibaldi en Como. Y luego estaba Antonio Margheritti, que era el motor en la sombra de aquel grupo. Hacía un poco de todo, desde reservar la sala hasta dar el beneplácito a la entrada de nuevos miembros. Nunca tuve muy clara su ocupación profesional más allá de los Custodi, se diría que vivía exclusivamente de la organización de aquellas reuniones.

—¿Mantuvo el contacto con el grupo tras su retorno a España?

—No… bueno… Al poco de llegar a Madrid, Margheritti contactó conmigo.

—¿Qué quería?

—Sabía que había entrado a trabajar en el DE-CIMVS, y que estaba a las órdenes directas de Peral. No sé cómo obtuvo esa información. Tenía mucho interés en contactar con el Almirante, pero yo recién acababa de ingresar en el Departamento, no tenía esa confianza. Ante su insistencia, le organicé una reunión con uno de los subalternos de Peral.

—¿Quién se reunió con Margheritti?

—Juan Montilla.

—¿El actual director del SEIS?

—El mismo. Entonces era jefe de sección en el DECIMVS. Acompañé a Margheritti hasta su despacho en el departamento, aunque no asistí a la reunión. Me consta que tuvieron al menos otra reunión, en la Botillería de Canosa. No sé qué trataron en esos encuentros.

—¿Cómo entró usted a trabajar con Peral?

—Aquel profesor de la Pontificia Academia, Gennaro Riva, me escribió una carta de recomendación cuando terminé la beca. Se la entregué a Fernando Primo de Rivera, que entonces dirigía el SEIS.

—El sustituto de Peral al frente del DECIMVS.

—Sí. Había sido becario en Roma varios años antes, y había coincidido como estudiante con Riva. Eran muy amigos y mantenían cierto contacto, por lo que me dieron a entender. Primo de Rivera me dijo que mi perfil se ajustaba mejor a las actividades del DECIMVS y logró que me incorporasen, como diseñador.

—¿Se entrevistó con alguien del DECIMVS antes de comenzar a trabajar?

—No, Primo de Rivera lo acordó todo con el Departamento, y comencé a trabajar con ellos, en un equipo que dependía directamente del Almirante.

—Eso fue en enero de 1894.

—Sí, justo después de Reyes.

—¿Y las reuniones entre Montilla y Margheritti?

—La primera en el mes de abril, la otra a mediados de mayo. No recuerdo exactamente los días.

—¿Cuál era su cometido en el DECIMVS?

—Básicamente me empleaban por mis dotes como diseñador. Trabajaba mano a mano con los ingenieros, buscando soluciones para aspectos concretos de sus ingenios portátiles.

—¿En qué proyectos colaboró?

—En varios. En aquellos meses estaban desarrollando el primer modelo del fusil de gas. Yo perfeccioné la culata, para hacerla más cómoda para el tirador, y una correa de cuero con enganches en el propio fusil para que la pudiesen transportar al hombro. Después, cuando se desarrolló la pistola de gas, trabajé en la empuñadura, buscando un agarre cómodo y firme para minimizar el retroceso y evitar que el tirador se pudiese lastimar.

—Por lo que me dice, tenía acceso a planos secretos de esos ingenios.

—Sí, claro. Tenía que conocer las especificaciones concretas de esas armas para poder realizar bien mi trabajo.

—¿Transmitió detalles de esos proyectos a agentes externos al Departamento?

—No, nunca.

—¿Le hizo alguien alguna oferta para comprarle los planos de esas armas?

—Jamás.

—¿No lo comentó con sus amigos de Custodi delle Essenze Garibaldine?

—No eran mis amigos, y no volví a saber más de ninguno de ellos tras aquella gestión para Margheritti.

—¿Nunca lo comentó, ni siquiera para vacilar con una chulapa en algún café?

—No, nunca hice eso.

—¿Sacó en algún momento aquellos planos de la sede del Departamento?

—No, no podría ni aunque quisiera. Las medidas de control son muy estrictas. Pero sí que me llevé mis notas.

—**Hábleme de Beatriz Casal.**

—¿Qué pasa con ella?

—**Simplemente explíqueme cuándo se conocieron y cuál es la naturaleza de su relación.**

—Era la secretaria personal de Peral, hacía pocas semanas que la habían nombrado cuando yo entré a trabajar en el Departamento. Estaba en todas las reuniones, y era la persona con la que tratábamos habitualmente cuando había que solicitar audiencia con el Almirante, plantearle alguna duda, mostrarle algún diseño…

—**¿Se hicieron amigos?**

—Sí, muy amigos.

—**¿Está enamorado de ella?**

—…

—**Tiene que contestar.**

—Sí, sí que lo estoy.

—**Se acostaba con Peral. Dos veces por semana, en un picadero que tenía alquilado en Bordadores.**

—Ella no estaba cómoda con esa situación.

—**Dos veces por semana. No parecía incómoda…**

—El almirante la sedujo, ella era mucho más joven que él y no era consciente de dónde se metía.

Cuando quiso dejarlo, él la amenazó con echarla del DECIMVS e impedir que volviese a encontrar trabajo. Ella estaba intentando salir de esa relación, pero no sabía cómo. Peral era muy poderoso y tenía arrebatos violentos.

—¿Le mató por eso?

—No… no sólo.

—**Fue su cómplice, ¿verdad? Ella le franqueó la entrada al almacén, le dio la pistola de gas y la munición experimental. Ella le alentó.**

—¡No! No tuvo nada que ver, ella no sabía. Yo me aproveché de su confianza. Íbamos hablando y la acompañé a buscar unos engranajes que requería Peral. Cuando se internó en el depósito yo me quedé cerca de la entrada. Allí estaba la munición y algunos prototipos con los que había trabajado cuando diseñé la empuñadura de la pistola. No lo pensé: simplemente cogí un arma, también algunas balas, y me lo guardé todo en la chaqueta antes de que ella volviese. No se enteró de nada, no sabía lo que yo había hecho.

—¿Y cómo pudo devolver la pistola al depósito?

—Peral trabajaba los fines de semana y era muy puntilloso con los informes, le gustaba documentar todo lo que hacía. Sabía que todos los lunes, antes de la hora del registro, Beatriz tenía que depositar los informes del fin de semana. La idea era aprovechar ese momento para devolver la pistola, los casquillos y los cartuchos sobrantes. Nadie se hubiera percatado si había cuatro casquillos en lugar de cuatro balas, se asociaría a un error al contabilizarlas.

—**Pero aquel día adelantaron el registro por su crimen, y la desaparición del arma quedó al descubierto.**

—No me percaté de ello hasta que detuvieron a Beatriz. Entonces até cabos y decidí entregarme.

—**¿Cómo sabía dónde encontrar a Peral?**

—El Almirante era abonado del teatro, del turno impar. En el Departamento lo sabíamos todos, o casi. En varias ocasiones, cuando estábamos inmersos en las etapas finales de algún proyecto y hacíamos más horas, él había salido directo a la función. Era un gran aficionado a la zarzuela, no se perdía una pasase lo que pasase.

—**¿Fue a la función o le esperó fuera?**

—Estaba en la calle de San Marcos. Sabía dónde vivía, pero dudaba si iba a girar por Colmenares o Libertad, pero esperé en la plaza del Rey para asegurarme. Cuando vi que se dirigía hacia Colmenares me adelanté y le esperé a resguardo.

—**Habla sólo de Peral, pero también iba su esposa.**

—No pensé que ella fuese a ir con él. Fue una estupidez por mi parte no reparar en ello. Pero tiene que entender que no pretendía matarle, sólo encararme con él.

—**Si no pretendía matarle, ¿por qué coger la pistola de gas?**

—Quería asustarle, él me había engañado, ¡me había robado! Cuando les abordé en la calle y le dije que quería lo que era mío, se rio de mí. Dijo que no era nadie, que no había hecho nada, que no me correspondía nada. Yo me enfurecí, saqué la pistola y le amenacé con ella, pero él no me creía capaz de disparar, así que siguió mofándose de mí. Mentó a Beatriz; ahí no pude controlarme y disparé.

—**Y también a su esposa…**

—Eso fue un error. Los primeros disparos le dieron a Peral en el pecho. Al caerse trató de agarrarla y le arrancó el collar. Las perlas caían por el suelo, las oía golpear el empedrado mientras él se derrumbaba lentamente. Su mujer comenzó a gritar y avanzó hacia mí… creo que iba hacia mí. No sé, quizá sólo quería escapar. La pistola se disparó sola, o acaso fui yo inconscientemente quien apretó el gatillo. No lo sé.

—**Peral tenía un tiro en la cara.**

—Seguía vivo. Incluso desde el suelo, con la sangre borboteándole en el pecho, seguía con esa sonrisa estúpida, burlándose de mí. Quería arrancarle la sonrisa de la cara.

—**Dice que le robó. ¿Qué pudo robarle Peral a usted?**

—La idea del reloj sumergible Peral.

—**¿El reloj?**

—Sí, yo lo diseñé.

—**No lo entiendo. Peral sacó un primer modelo hace cinco años, antes de que usted llegase al DECIMVS.**

—Sí, la mecánica era suya, pero eso no era lo importante. ¿Qué es lo que distingue al actual reloj Peral, como ese que lleva usted? ¿Qué lo diferencia de aquel primer modelo de 1893?

—**Aquel era de bolsillo y este se ata en la muñeca con una correa.**

—¡Exacto! Eso es lo que yo aporté, el diseño del reloj con correa. Yo fui quien tuvo la idea de un reloj que se pudiese llevar en la muñeca, que no hubiese que sacar del bolsillo. Adaptamos su diseño de reloj a un modelo más pequeño, para reducir el peso y poder llevarlo cómodamente. Pero el almirante lo patentó a su nombre, omitió mi participación. Ha ganado millones con mi diseño, mientras que yo vivo en una pensión de mierda.

—Usted le pidió que le diera una participación y él se negó.

—Peor. Dijo que yo no había hecho nada, que era poco más que un meritorio en el taller, que mi nombre no merecía figurar junto al suyo en ningún ingenio. Creo que me hubiese podido contener, si solamente no hubiese mencionado a Beatriz…

—¿Qué le dijo?

—Que sabía que yo estaba enamorado de ella, pero que era suya. Que me olvidase siquiera de olerle el coño. Me dijo que se la follaba en un piso que pagaba con las rentas del reloj. ¡No le importó que su esposa estuviese delante! No pude contenerme: le maté, y también a su esposa. Le maté por mi reloj, y también por Beatriz. Si sólo no la hubiese mencionado…

—Por eso el reloj estaba roto…

—¿Perdón?

—El reloj del almirante. Estaba roto. Pensé que se había dañado al caer al suelo, pero fue usted…

—Sí, al marchar lo vi allí, en su muñeca. Lo pisé con todas mis fuerzas, una y otra vez, hasta reventarlo. Esa jodida maquinaria es robusta, eso hay que concedérselo al cabrón de Peral.

—Sólo tengo una pregunta más. No lo veo necesario, pero me han pedido expresamente que se la haga.

—Ya se lo he contado todo, no sé qué más puedo decir.

—Madre italiana, padre francés y criado entre Bari y Córdoba… ¿Se siente usted español?

—No lo sé. Si me hubiese preguntado usted hace un par de meses le diría que sí, sin duda. Pero ahora, no lo sé. Francia es para mí algo extraño, como un pariente lejano, sin duda no me siento francés. Bari es la tierra de mi infancia, siempre tendrá un lugar especial en mi corazón. Creo que querría ser enterrado allí, aunque supongo que me colgarán por esto y acabaré en alguna fosa común en La Almudena. En cuanto a España… este país me ha dado mucho, pero de algún modo ha acabado quitándomelo todo. Ya nunca tendré amor, la fortuna me ha sido esquiva y ahora maldecirán mi nombre. ¿Si me siento español? Creo que a estas alturas ya no puedo considerarme español, pero tampoco francés o italiano. Supongo que soy apátrida. Supongo que todos los asesinos somos apátridas, a fin de cuentas.

LA ÉPOCA

EDICIÓN ESPECIAL VESPERTINA

MADRID.- 29 de diciembre de 1898

¡APLASTANTE VICTORIA EN EL MEDITERRÁNEO!

Con un golpe de mano propiciado por una brillante estrategia militar, España ha vengado la muerte del Almirante Peral y ha humillado a sus oponentes en el Mediterráneo, recuperando al tiempo los territorios de Nápoles. El ataque, diseñado por el genio militar del general Juan Prim y Prats, comenzó exactamente un minuto después de la medianoche de hoy, en el preciso momento en el que terminaba el luto nacional impuesto tras el asesinato del Almirante.

En ese instante, cinco escuadras de submarinos Peral atacaron los puestos defensivos del ejército italiano en los puertos de Nápoles, Bari, Brindisi, Crotone y Palermo, cogiendo desprevenidas a las fuerzas enemigas. Las tropas españolas actuaron con rapidez y no mostraron piedad, honrando con sus heroicas acciones la memoria del añorado Almirante.

Mas el propio Peral dejó su sello en la aplastante victoria, ya que su último ingenio, el aerostático dirigible, certificó la victoria española en las cruciales plazas de Nápoles y Palermo, donde las fuerzas enemigas estaban atrincheradas en sendas fortalezas.

Los aerostáticos dirigibles, un proyecto al que el Almirante se entregó con denuedo en sus últimos meses de vida, tomaron el cielo de Nápoles media hora después del primer ataque lanzado por los submarinos, cuando los soldados italianos trataban de atrincherarse en Castel Nuovo. Tras situar los aerostáticos justo encima, las fuerzas españolas dejaron caer sobre el complejo un sinfín de bombas que arrasaron completamente la fortaleza, segando la vida de todos los enemigos que trataban, inútilmente, de escapar de la furia española. En Palermo, los aerostáticos dirigibles persiguieron a las tropas italianas por toda la ciudad, destruyendo con sus bombas cualquier posible reducto en el que pudieran parapetarse.

Tras este abrumador despliegue de la fuerza militar española, las tropas enemigas anunciaron esta misma mañana su rendición incondicional, sin duda ante el temor de volver a encontrarse en su costas a los mortíferos submarinos, o de ver recortarse en sus cielos a los invencibles aerostáticos dirigibles de Peral.

Pero la venganza española no se limitó a este ataque. El Ministerio del Interior informó que, además de la maniobra napolitana, en la medianoche de hoy también se inició un bloqueo total a las Islas Británicas, ejecutado por siete escuadras de submarinos que tienen la orden de hundir cualquier barco que, procedente del archipiélago, trate de llegar al continente, o que inicie la ruta inversa. Una medida encaminada a evitar que el gobierno de la «Pérfida Albión» auxilie a sus aliados italianos durante la contienda.

La respuesta feroz de nuestro ejército ante el brutal asesinato de Isaac Peral invita a recordar a los españoles, con el corazón insuflado de patriotismo, las palabras de nuestro Rey y Soberano, Amadeo I, en el funeral del Almirante: «Tengan por seguro los autores de este vil crimen que habrán de pagar con su sangre el dolor que han causado, en esta negra hora, a todos los españoles».

diario personal de

Diego Ramírez de Arrascaeta

29 de diciembre de 1898

Esta tarde volví al Palacio Real. Acudí despojado de los nervios de la primera vez. Sólo sentía una rabia sorda tras comprobar lo que habían fabricado con mi investigación, cómo habían retorcido los hechos para justificar su guerra y, de paso, una purga en los servicios de seguridad. Por el camino estaban arrastrando a la horca a una mujer inocente, una joven que había sido seducida por su jefe y traicionada por el que decía ser su enamorado.

Como la vez anterior, me tuvieron esperando un rato en la sala contigua al salón de Gasparini. Sobre una mesa habían dejado los periódicos del día, que informaban de la «gloriosa» campaña de Nápoles y de la imparable ofensiva de las tropas españolas. Una maquinaria propagandística bien engrasada con las mentiras del Gobierno y la sangre de una inocente. Cuando que invitaron a entrar al salón, estaba dispuesto a arrasar con todos ellos.

Dentro me esperaba el mismo cuarteto que la vez anterior. El Rey volvía a estar de pie frente al ventanal, ofreciéndonos su perfil bueno, el de las pesetas. Díaz Moreu y Dragonetti-Gorgoni se mantenían juntos, con un semblante extremadamente serio y, eso sí, marcando las distancias con un Prim que era todo sonrisa. Recordé la forma en la que Primo de Rivera había hablado de Prim en su despacho: si todo el asunto del asesinato de Peral había servido también para reordenar las cuotas de poder dentro de los servicios de seguridad, estaba claro quién había salido vencedor.

—¡Ramírez, bienvenido! —me saludó Prim—. Llegué a dudar de usted, sobre todo cuando fue a por el italiano, pero sin duda que ha completado un buen trabajo. Ha hecho un gran servicio a la patria.

Díaz Moreu recibió las palabras de Prim con un gesto amargo. No me extrañó, a mí mismo se *me estaban revolviendo las tripas escuchando al tullido.*

—*Un servicio a la patria... Sí, eso parece. Eso dicen los periódicos* —contesté.

—*Evidentemente, tuvimos que... «orientar» un poco sus investigaciones. Pero ha sido muy eficiente, Ramírez. Ha resuelto el caso con rapidez, dentro incluso del exiguo margen que teníamos. Tengo que reconocerle, además, que tenía usted razón al dirigir su mirada hacia el DECIMVS. No podíamos ni imaginar que la corrupción y la influencia de los agentes extranjeros habían alcanzado a la cúpula misma del Departamento y del SEIS. Sí, el resultado ha sido ciertamente óptimo.*

El Primer Ministro sufrió lo que parecía ser una pequeña arcada, y por un instante temí que fuese a vomitar allí mismo, encima del lustroso suelo del salón de Gasparini. Prim también se dio cuenta y no desaprovechó la ocasión para meterle una pulla.

—¡*Moreu, tranquilícese! Nadie le echa la culpa, Primo de Rivera nos había engañado a todos. Su posición al frente del SEIS le permitía cubrir sus huellas, y por otro lado también expli-*

ca que esa organización terrorista, esos «Custodi», haya pasado desapercibida a nuestros ojos. En el futuro tendremos que elegir mejor a los responsables de puestos tan sensibles para la seguridad nacional, ¿no le parece?

Díaz Moreu asintió lentamente. Le costaba tragarse ese sapo, pero lo hizo.

—Pero Cardona no era un espía, era sólo un pobre desgraciado que había visto cómo le escamoteaban una fortuna. ¡No mató a Peral por un ideal, lo mató por un puto reloj! —exclamé.

Prim mudó su semblante, hasta entonces alegre, y me miró con severidad. Se notaba que no iba sobrado de paciencia.

—Que le quede claro, Ramírez: Cardona era un agente extranjero. Es un mestizo de la peor calaña: con una mitad francesa. Entró en el DECIMVS por recomendación de esa organización terrorista que tan certeramente ha destapado usted, esos custodios garibaldinos o como cojones se llamen. Medró a base de mentiras y protegido por miembros corruptos del SEIS, tuvo acceso a secretos de Estado mientras mantenía el contacto con sus amiguitos terroristas, y finalmente asesinó a sangre fría al almirante Peral y a su esposa. Esos

138

son los hechos que ha esclarecido su investigación, ni más ni menos. Y en cuanto al reloj... Pues ese «puto reloj», como usted lo llama, va a garantizar el bienestar de los hijos de Peral, que se han quedado huérfanos de padre y madre por culpa de ese sanguinario espía. Ellos son las víctimas inocentes de todo este asunto, no lo olvide.

La torticera explicación de Prim, su manera de retorcer los hechos para que encajase en su teoría de la conjura extranjera, me enfureció. A duras penas logré contener la ira para reorientar la conversación hacia la otra «víctima inocente» del caso.

—¿Qué va a pasar con Beatriz Casal?— pregunté.

—¿Con quién? —replicó Prim, con un candor genuino. No sabía de quién hablaba.

—Beatriz Casal, la secretaria del Almirante.

—¡Ah! La putita de Peral... Bueno, no puedo hablar por los tribunales, pero seguramente será colgada junto a su amante, ese demonio de Cardona.

El cinismo de Prim me resultaba insoportable. Era evidente que ya se había decidido la suerte de Beatriz Casal. Y había sido allí, en aquella sala, o para ser más precisos en los aposentos de Prim, por mucho que se escudase tras los tribunales. Él era el dedo ejecutor, y yo se la había puesto en bandeja.

—Pero ella es inocente —protesté—. Su único pecado es haberse fiado de Cardona.

—También sedujo al Almirante, no lo olvide. Sabe Dios qué fines ocultos tendría esa mujer.

—¡Eso no es cierto! —bramé—. Él la sedujo, la forzó a ser su amante con amenazas y coacciones. Ella no tenía escapatoria.

—¡Da igual quién empezó, joder! —me cortó Prim—. Me importa tres cojones si estaba enamorada de Peral, si sólo quería medrar tirándose a su jefe o si es una cándida joven maltratada por la vida. ¡Y se había mezclado con un agente extranjero, por el amor de Dios!

—¡Pero es inocente! —protesté—. Es sólo una víctima. Ya tiene lo que buscaba, con Cardona le sobra y le basta para justificar su guerra. ¡Déjela en paz!

Prim perdió definitivamente la paciencia.

—¡Me está usted tocando los cojones, Ramírez! Esa chica sabe demasiado, ¿vale? Y por eso la vamos a ahorcar junto al puto Cardona. Son *las reglas, muchacho, yo no las escribí, pero me rijo por ellas. Y ahora deje de joder o correrá la misma suerte que ellos. Los patíbulos son como los carruajes: donde caben dos, caben tres.*

Tardé un instante en responder. Lo más sensato, lo sabía entonces y lo sé ahora, hubiese sido cerrar la boca y dejarlo correr. Pero nunca he sido de esa clase de hombre.

—Arrascaeta —le dije, con los dientes al aire y apretados, sin disimular todo el odio que me corría por las venas.

—¿Qué? —contestó Prim, extrañado.

—Que se me conoce por Arrascaeta, joder. O como mucho, De Arrascaeta. Y mis camaradas, los del cuerpo y aquellos con los que compartí sangre y plomo en la bahía de La Habana, me llaman «Arrasca». Pero no veo ningún camarada en esta sala.

Se hizo el silencio. Hasta el Rey, ausente de todo el debate previo, se giró hacia mí, sorprendido ante esa inesperada muestra de rebeldía.

—Acabáramos, ahí está la razón de todo —afirmó Prim, como si hubiese encontrado la pista definitiva para resolver un crimen—. El bombardeo del *Maine*, claro. Supongo que me culpa por usar la guarnición como cebo para despistar a los yankees.

—¿Cebo? Éramos carne de cañón, joder.

—¡Pues claro que sí! Son soldados, hostia. ¿Espera que me disculpe por aquello? Pues olvídelo: fue una maniobra brillante, hoy se estudia en todas las academias militares del mundo. Sí, eran un puto cebo, y los yankees se lo tragaron hasta atrás.

Prim acercó su silla hacia mí, hasta estar tan cerca que podía tumbarle de un derechazo.

—Entérese, los soldados sirven para dos cosas: matar y morir. Y en función de cómo estén repartidas las fuerzas puedes emplear su pericia para matar o la ventaja táctica que te dará su muerte. Nada más y nada menos. El buen general sabe cuándo sus soldados deben ser asesinos y cuándo les toca ser víctimas. Yo lo sabía aquel día: a la guarnición de La Habana le tocaba palmar. Era el precio que había que pagar para derrotar a los yankees y punto. Hice lo que debía, y volvería a hacerlo sin dudar ni medio latido. Aquella fue una victoria crucial, y el sacrificio de sus... «camaradas» fue clave para darnos ventaja. Murieron como buenos soldados, como auténticos españoles, y *gracias a su martirio España es hoy un país mejor. Lo único que empiezo a lamentar es que usted saliese vivo de La Habana... Ramírez.*

El general pronunció mi apellido entre dientes, tal y como yo le había respondido antes. Estaba claro que quería provocarme, que estaba dispuesto a recibir un puñetazo si con eso tenía la excusa para mandarme a la horca. Y a fe mía que le hubiese dado el gusto de no mediar el Rey, que durante el monólogo de Prim se había acercado hasta nosotros.

—Basta ya, Juan —dijo, calmado, apoyando su mano izquierda en el hombro derecho del tullido—. En esta sala no hay enemigos y, aunque cegado por la furia no sepa verlo ahora mismo, todos somos camaradas, agente. Le ha tocado ver la parte más amarga de la política, aquella que, las más de las veces, se cobra vidas inocentes y arrasa con cualquier atisbo de decencia. Me gustaría poder decirle que, por lo general, las cosas no funcionan así, pero le mentiría. A nuestro querido general Prim le gusta comparar las disputas políticas con el ajedrez, quizá tratando de darle un trasfondo intelectual, elevado, a todo este despliegue estratégico que tratamos de armar ante el

143

permanente conflicto al que estamos abocados en la defensa de los intereses nacionales, pero es todo mucho más sencillo. En realidad, todo esto es como el mus: tenemos que jugar con los naipes que nos tocan, y tratar, con ardides y pericia, de sacarles el mejor partido posible. Quizás Cardona no fuese un espía, pero su identidad, sus orígenes, nos dan una baza de incalculable valor para decantar una partida crucial para el futuro del país. Probablemente la señorita Casal sea inocente de todo, pero como bien dice Juan, sabe demasiado para correr riesgos. Al final te apañas con lo que tienes: lanzas un envite aquí, un órdago allá y tratas de ganarle la vaca al otro.

Amadeo se acercó más a mí, apenas a un palmo, y siguió hablando con ese tono pausado y ese ligero acento italiano que nunca ha logrado desterrar del todo.

—La guerra era inevitable, agente. Y no será la última. Está decidido desde hace una década, desde aquel 24 de septiembre de 1888 en el que Peral nos mostró su prototipo en San Fernando. Cuando usamos los submarinos para derrotar a los yankees, todas las potencias del mundo comenzaron a vernos como una amenaza. Todo lo que

hemos hecho desde entonces, incluso cuando éramos nosotros los que atacábamos primero, ha sido defendernos. Y para proteger la patria necesitamos expandir las fronteras, no hay más. En todo este turbio asunto hemos perdido una baza clave, nada menos que al inventor más importante de su tiempo, al creador de toda nuestra maquinaria armamentística. Una posición de partida realmente difícil. Pero hemos logrado sacar una ventaja de esa pérdida, algo que hemos podido alcanzar gracias a su buen hacer. Por eso, agente, le estamos agradecidos. Y a los que nos son leales, y a los que cumplen con su deber, la Corona les recompensa. ¿Puedo contar con su lealtad, teniente... De Arrascaeta?

Ahí estaba. El Rey en persona me estaba comprando, me hacía una oferta irrechazable por cerrar la boca y apuntalar la versión oficial. Por olvidarme del destino de Beatriz Casal y de quién había sido el cocreador del reloj Peral. Prim hubiera preferido el paredón, probablemente, pero Amadeo demostraba tener más escrúpulos que su mano derecha. Me ofrecía un ascenso vertiginoso, nunca visto en el cuerpo: de agente raso a teniente sin pasar por el peaje del sargento ni tener que acudir a la escuela de suboficiales, algo imposible para los

*individuos de baja alcurnia y bolsa escasa, como
es mi caso. Sólo tenía que doblegarme ante mi Rey
y aceptar las órdenes. Es fácil, es lo primero que te
enseñan en la Academia: te cuadras, saludas, y
dices «¡Señor, sí señor!». Con entusiasmo siquiera
impostado, convirtiendo tu cara en una máscara
para que no se note que todo aquello te da náuseas.
Y eso hice.*

—Yo sirvo a Su Majestad— respondí.

*Salí del Palacio Real asqueado conmigo mis-
mo, mascando el sabor metálico de la vergüenza.
Sé que no hubiera podido hacer nada por Beatriz
Casal, que empecinarme en su defensa sólo me hubiera conducido a un lugar en el cadalso a su lado.
Ya me imagino los titulares para justificar mi ejecución: «Agente carlista implicado en la muerte
del Almirante», «¡El amante policía de la asesi-
na de Peral!». Seguro que el tullido aprovechaba
para hacer una purga en el cuerpo.*

*En todo este asunto me he ganado un ascen-
so inmerecido, con el correspondiente aumento de
sueldo, un nuevo y variado surtido de pesadillas a
cuenta de Beatriz Casal y al menos dos enemigos:
el general Prim y Mario Artico, que cualquier no-*

che me rajará en un oscuro callejón en venganza por lo que le hice al «Pichón». No sé cuál es más peligroso de los dos, pero en cualquier caso creo que no me ha salido a cuenta este negocio

Deambulé por las calles de Madrid, mientras se apagaba el día. «Al menos», pensaba, «con el aumento de sueldo por mi nuevo rango podré pagarme unas cuantas borracheras». Hasta podré invitar al «Negro» cuando salga del hospital, qué carajo. No sé si fue algo casual o si, inconscientemente, fui dirigiéndome hacia allí, pero con el ocaso llegué a la calle de Colmenares, justo al punto en el que Pier Cardona acabó con la vida de Peral y de su esposa. En la calzada aún se podían ver, si uno se fijaba bien, los restos de sangre. Recordé las vísceras de Peral desparramadas por el empedrado, tan ordinarias, tan parecidas a las de cualquier otro hideputa de los que liquidan día sí día también en el Barrio de las Letras. El asesinato de Isaac Peral, tan rimbombante que parecía, ha terminado siendo también un caso corriente. Nada de espías, ni de conjuras extranjeras, ni de secretos de estado. Fue sólo una mezcla, habitual y conocida, de celos y codicia. A Peral le mataron por un reloj. No por la grandeza de la patria ni por la soberanía de un territorio allende los mares. Por un puto reloj.

Miré la hora, pero fui incapaz de descifrarla. Mis ojos se quedaron clavados en la leyenda, en ese «*PERAL*» grabado en el dial. Solté la amarra del reloj y dejé que cayese al suelo, justo en el sitio en el que yacía, unos pocos días atrás, el inventor del ingenio. Me alejé, acaso diez pasos, y me arrepentí. «Al menos», pensé, «puedo empeñarlo y pillar una buena cogorza con lo que saque». Me di la vuelta para recuperar el reloj, pero se me habían adelantado. Un raterillo, con pinta de no haberse tomado un baño desde 1895, lo había recogido del suelo y lo miraba orgulloso.

—¡Un Peral original! —exclamó, con una sonrisa cariada e inconquistable.

Lo aferró fuerte con las dos manos, bien apretado contra el pecho y se fue corriendo, hasta perderse entre las luces de la calle de San Marcos.

LA CORRESPONDENCIA DE ESPAÑA

DIARIO UNIVERSAL DE NOTICIAS

15 DE ABRIL DE 1899

TESLA DESEMBARCA EN ESPAÑA

El reputado inventor D. Nicolás Tesla, el más destacado del mundo en el manejo y la generación de energía eléctrica, desembarcó ayer en el puerto de San Fernando, tras una larga travesía desde los Estados Unidos. Tesla, de origen serbio, llega a España para dirigir el Departamento Español de la Ciencia y la Investigación Marina, Volátil y Submarina (más conocido entre los españoles por sus siglas, DECIMVS), huérfano de liderazgo tras el vil asesinato de su fundador, el almirante Isaac Peral y Caballero, el pasado mes de diciembre.

En un acto dotado de gran simbolismo, D. Nicolás Tesla ha atracado, en su llegada a España, en el mismo puerto en el que, en 1888, se registró la histórica presentación del submarino Peral. En sus primeras palabras tras desembarcar, pronunciadas en un correcto español que el señor Tesla ha cultivado durante su travesía, el ingeniero prometió «seguir con el brillante legado que dejó tras de sí mi admirado Isaac Peral, aportando mis conocimientos para fabricar nuevos ingenios de naturaleza eléctrica que aseguren la primacía de la nación española en estos tiempos convulsos».

Tesla, cuya llegada a Madrid está prevista para el día de hoy, asumirá la dirección del DECIMVS, que ostentaba de manera interina D. José Casares Gil, quien retornará de inmediato a su puesto como subdirector de explosivos y armas experimentales del citado organismo. El anterior director, Fernando Primo de Rivera, permanece internado en prisión a la espera de comparecer ante el Consejo de Guerra que le juzgará por Alta Traición por sus contactos con la organización terrorista Custodi delle Essenze Garibaldine, responsable del asesinato de Peral. Primo de Rivera comparte celda con su colaborador y anterior director del Servicio de Espionaje, Inteligencia y Seguridad (SEIS), Juan Montilla y Adán, quien también está acusado de Alta Traición.

Precisamente por estos terribles antecedentes, el Gobierno ha optado por no correr ningún riesgo ante la llegada de Tesla a España. El actual director del SEIS, D. Ginés de Hurtado, se desplazó a San Fernando para recibir al reputado inventor, comandando en persona un fuerte operativo de seguridad.

A su llegada a Madrid, D. Nicolás Tesla será recibido en el Palacio Real por Su Majestad, Amadeo I, y por el general Juan Prim, que estos momentos de necesidad, con los enemigos de la patria organizándose ante la triunfal campaña en tierras italianas, ha retornado a la jefatura del Gobierno. Tesla ha llegado además a tiempo a España para presenciar la ejecución del asesino de Peral, el vil agente extranjero Pier Cardona, quien será ahorcado el día 28 del presente mes. En el cadalso, lamentablemente, no lo acompañará su amante, la pérfida Beatriz Casal, que se quitó cobardemente la vida hace un mes, tras arrojarse al vacío desde una galería superior de la casa-galera de Alcalá, donde esperaba su ejecución. Un posterior análisis médico reveló que la mujer estaba embarazada de cinco meses. Ese bebé nonato fue la última víctima inocente de la cruel pareja. Pero, al menos, la pobre criatura no tendrá que venir al mundo cargando con el siniestro legado que le habrían de dejar sus padres. Acaso ha sido la providencia la que ha querido que, cuando el infame Pier Cardona cuelgue de la horca, muera con él su maldita estirpe.

 Fin

ÍNDICE

Este libro se terminó de componer el 1 de junio de
2024, fecha en la que se cumplían 173 años
del nacimiento del extraordinario y portentoso
D. Isaac Peral, quien con su intelecto y su fabuloso
ingenio llevó a nuestra patria a las máximas glorias,
convirtiéndola en la mayor potencia en el orbe hasta
nuestros días. El santoral cristiano celebraba
a san Íñigo de Oña, eremita de grandes virtudes
y consejero de Sancho III, además de autor
de obras matemáticas y astrológicas.

¿TE GUSTARÍA SER UN AUTOR O AUTORA MINICLANDESTINA?

Si tienes un manuscrito de novela de género (western, ciencia-ficción, terror, fantasía, thriller, novela negra) de unas 20.000 palabras, tu obra puede formar parte de la colección de bolsillo de Orpheus.

Envíanos tu manuscrito:
editorial@orpheus.es

ORPHEUS
EDICIONES CLANDESTINAS

OTROS MINICLANDESTINOS

COLECCIONES INICIADAS

MULTIVERSO. Ciencia Ficción
221 B. Mundo Sherlock Holmes
TIERRAS SALVAJES. Relatos del Oeste
TIERRAS LIBRES. Fantasía
TRUE CRIME. Sucesos reales
LA GÜESTIA DELANTRE. Terror n'asturianu
UCRONÍA HISPANIA. Historia española alternativa